桂岳诗派

王先霈/主编

云水禅音细细吟

◎胡均华 著

华中师范大学出版社

新出图证(鄂)字 10 号
图书在版编目(CIP)数据

云水禅音细细吟 / 胡均华著. -- 武汉：华中师范大学出版社，2024.12. --(桂岳诗派 / 王先霈主编).
ISBN 978-7-5769-0615-8
Ⅰ.I227
中国国家版本馆 CIP 数据核字第 2024MM7001 号

云 水 禅 音 细 细 吟
YUNSHUI CHANYIN XIXI YIN

ⓒ 胡均华　著

责任编辑：张怀东　　　　　责任校对：肖　霞
封面设计：罗明波
编辑室：学术出版分社　　　电话：027-67863220
出版发行：华中师范大学出版社有限责任公司
社址：湖北省武汉市洪山区珞喻路 152 号　邮编：430079
销售电话：027-67863426(发行部)
网址：http://press.ccnu.edu.cn
电子信箱：press@mail.ccnu.edu.cn
印刷：武汉精一佳印刷有限公司　　　督印：刘　敏
开本：880mm×1230mm　1/32　　　　总印张：98.125
版次：2024 年 12 月第 1 版　　　　　印次：2024 年 12 月第 1 次印刷
总字数：1950 千字　　　　　　　　　总定价：898.00 元(全十二册)

欢迎上网查询、购书

敬告读者：欢迎举报盗版，请打举报电话 027-67867353
ISBN 978-7-5769-0615-8

《桂岳诗派》编委会

主　　编　王先霈
顾　　问　蔡红生
主　　任　秦　恒　付义朝
副 主 任　钟文锐
成　　员　李　晶　谢　琴　魏耀武
　　　　　周　义　宋汉涛　沈　思
　　　　　任梦璐

前　　言

校园诗人历来是当代中国文学的一支劲旅。从桂子山走出去、现已故去的知名诗人，新体诗有光未然、曾卓、董宏猷等，旧体诗有陶军、黄弗同、佘斯大等。目前活跃在诗坛上的则更多。

华中师范大学党委宣传部和出版社从校园文化建设的角度出发，策划出版《桂岳诗派》一书。华中师范大学出版社于1997年到2011年曾陆续出版过名为"桂岳书系"的系列丛书。该丛书编辑出版的目的在于"从根本上强化学校的建设，使高等学校稳稳地站立在文化的峰顶"。因此，这次策划出版《桂岳诗派》，在拟定选题名称上也借鉴了"桂岳"之名。

本套书在入选诗人的标准方面，经过多次讨论，最后确定的原则是：其一，只选目前健在的诗人；其二，以中青年诗人为主体，部分年长的诗人只要创作仍然活跃，亦可选入；其三，既可以选新体诗人，也可以选旧体诗人；其四，以华中师范大学校友出身的诗人为主体。秉承上述原则，刘益善、谢克强、李少君、张执浩、李强、余仲廉、邹惟山、段维、姚泉名、胡均华、剑男、易飞的优秀诗作入选《桂岳诗派》。12位诗人中有10位为华中师范大学校友，个别诗人虽未曾在桂子山求学、任教，但长期关注、支持华中师范大学诗教工作，高度认可"桂岳诗派"，为展现华中师范大学诗教工作既立足桂子山，又走出桂子山的博大和开放理念，我们也谨慎将之选入。

从入选的 12 名诗人的诗体来看，新体诗人占了 9 位，旧体诗人只占 3 位。这与当下新体诗的"强势地位"是吻合的。但新旧体诗从来不应该对立，而应该相互借鉴、相融共生。从诗歌的源头来看，旧体诗是新体诗的源头。新体诗在"五四"时期才从旧体诗的母体中分娩出来，自立门户。旧体诗有 2500 多年的历史，而新体诗的历史不过百年。现在就说新体诗一定会比旧体诗有前途，恐怕太过武断。新体诗还在不断嬗变中，将来走向何方谁也说不清楚。但可以肯定的是旧体诗不可能消亡，它会在不同时代因融入时代特色而卓然生辉。当然，新体诗完全可以从旧体诗中吸收有益的营养，发挥旧体诗所不具备的相对自由表达的优长，不断地去完善自己。从历史上来看，那些著名的新体诗的倡导者如胡适、闻一多、何其芳等，其旧体诗功底都极为深厚；而像徐志摩、戴望舒、余光中、郑愁予等，其新体诗中都充盈着旧体诗的元素。

刘益善从华中师范大学毕业后，长期在文艺单位工作，曾任湖北省作协副主席和《长江文艺》杂志社社长、主编，培养过众多的作家和诗人。他的《翠柳街》主要是对当下日常生活的思考，遥远乡村岁月的记忆，浩浩长江上的感悟，革命年代人事的叙写，是一种多声部的合唱。作者用朴实晓畅的诗句，书写了城市繁华中那留在小街的乡愁，乡村振兴后那遗留在一隅的旧屋，那挂在奔腾的万里长江江面的夕阳，大别山里的一响而聚众四十八万的铜锣，民主人士的最后演讲，深藏功名六十五载的老兵。诗里有长吟、有短咏，充满了激情和深情，有不绝如缕的思恋。

谢克强是一位相当活跃的诗人，曾任湖北省作家协会驻会副主席、《长江文艺》副主编、《中国诗歌》执行主编，对于作家和诗人而言也是一位知名的伯乐。他的诗集《风从故乡来》所收作品主要是其近期所作，无论是故乡的风、父亲的土地、母亲的炊烟、儿时的往事，还是阔别多年重回故土的万千感怀，都使诗人将乡情乡愁作了一番诗意的诠释。这种诠释已不再是乡情乡愁，而是一种根的哲学、一种人生与命运的诠释。诗人以质朴的语言、真挚的情感、不凡的构思，将实与虚巧妙结合，更将具象升华为意象，不仅营造出诗的情感境界，也使诗作获得美的意蕴，因而既给人以思想启迪，又给人以审美愉悦。

李少君曾任《天涯》杂志主编，现为《诗刊》主编，不少新体诗人视其为"掌门人"。《心学集》是他二十多年来的诗歌结集。二十多年来，他从天涯海角到京城，从祖国大地到世界各地，以诗为证，描述所见所闻，记录生活印迹，抒发内心情感，留下思考感悟。他遵循的诗歌原则是：诗歌是一种心学，诗歌更是一种情学，诗歌应该为世界提供意义；在勤奋开拓和孜孜劳作中，在人与诗的互证中，可以诗意地栖居在世界之上。

张执浩是一位新锐诗人，现为湖北省作协副主席、武汉市文联文学院院长，曾获第七届鲁迅文学奖。《每一次告别都是阳关三叠》收录他 21 世纪以来创作的自己比较喜欢的作品，侧重于呈现日常生活中的情感面貌，在对亲情、友情、爱情的书写中，呈现出诗人成熟浑厚的语言技艺，展现出轻言细语、委婉随性的美学质地，并由此形成了诗人"目击成诗，脱口而出"的诗歌风格。

李强是一位公务员出身的诗人，据说其爱诗成癖，真的到了看淡名利的境界。其诗集《武汉来了》分为上下两辑。上辑写"第一家乡"红色苏区龙港，下辑写"第二家乡"英雄城市武汉，这几乎囊括了作者全部的人生。写龙港的纯粹一些，作者梦回童年、少年，看山水草木、人情世故，如一首美丽的乡村咏叹调。写武汉的丰富一些，诗人从 17 岁开始读书工作于此，任职于省、市、区三级党政机关，以及大专院校、国有企业，对武汉的感受是整体的，又是具体的，他的诗如一首英雄城市进行曲。

余仲廉是一位知名的慈善家，他创建的博昊基金会已资助贫困大学生两千多人。他也是一位颇有名气的文化人，在哲学、美学、书法和书法评论等方面均有相当深厚的造诣。他经历丰富、爱好广泛，写诗可能只是"余事"，却出版了十几本诗集。他的诗集《我的所有》收录了其近年来创作的部分新诗，题材与内容很丰富，风格也十分鲜明。他以哲学思考着眼于存在，以哲学思维投注于生活，将身处世界、社会的所见所闻和所感所思以及对人生、自然、历史与文化等问题的思考转化成诗。因此，他的诗歌有着独特的思想感悟、深刻的人生哲理，不仅内在的思想相当突出，而且外在的感性也得到了保存，诗与思比较好地融合在了一起。

邹惟山是华中师范大学文学院的教授,以文学地理学研究和十四行组诗写作见长,曾任《中国诗歌》副主编、《外国文学研究》副主编、《世界文学评论》主编。他至少属于教学、科研、创作三栖人才。他于诗新旧兼修,又力图在形式上有所创新。《桂岳集》是他开始无韵自由体创作之后的第一部诗集,收录了他最近三年的部分诗作,大致以编年体的方式呈现。这些作品主要表现了他在行旅中的所见所闻,但并不限于目之所及和耳之所闻,而是可以由此及彼、由表及里,抒发了他对世界大局与中国命运的思考,以及对于人生意义与自然存在的探索,具有一定的深度与广度,同时也富于诗情与画意。

段维在华中师范大学出版社做了 30 年编辑,任副总编、总编近 20 年,后来改做党务工作,现为中华诗词学会乡村诗词工作委员会主任、湖北省中华诗词学会会长。他的本科、硕士以及博士学的都是政治学,但不少人最初以为他是学中文的。其诗集《一生知己是文章》收录了其在 2021 年 1 月—2024 年 5 月间创作的旧体诗词作品。他称自己的创作题材大致有三类,简称"三园",即"故园""校园"和"政园"(时政诗)。他是一个有着明确目标追求的旧体诗人和诗学研究者,在守正创新方面取得了较好的平衡。他的时政诗一开始主要采用七律体裁,探讨意指的多重性和句式的多样性,后来这种风格也渗透到其他题材之中,被诗评界称为"不言体"(段维字不言)。而在词的创作方面,他又尽量保持词之要眇宜修的本性,尤其是小令还保留着花间词的气息，长调则呈现豪放与婉约兼具的特征。他的故园诗词，对父亲的书写别具一格，这是其他旧体诗人很少涉足的题材。他对校园诗词有着自己的定义，认为校园诗人所写的诗词并非一定就是校园诗词，而是只有写出了校园特色的诗词才是校园诗词。他写的学生宿舍搬家、学生晒被子、学生云上毕业论文答辩、校园防疫等题材，无不深入师生的个性生活之中。

姚泉名早年从事语文教学，现任中华诗词学会乡村诗词工作委员会副主任兼秘书长、湖北省荆门聂绀弩诗词研究基金会代理事长，可谓是专业的旧体诗人了。其诗集《掬来一捧手如蓝》收录了其在2010—2023年间创作的诗词作品400余首，在"雅正出奇，求正创新"的理念下，他以传统诗词抒写古今之事、感发天地之音。其笔下的人事景物，无不是其在游历过程中对历史的追索、对时空的叩问、对禅道的妙悟、对山水的感知、对民情的回放、对风俗的描绘、对朋友的酬唱、对世事的体会。他的作品创造性地融合古今元素，恰如其分地将当代思维与时代语言揉入古典诗词创作中，既展现了传统诗词的古雅之美，又呈现了当代格律诗词的活力。

胡均华曾经当过语文教师，当过公务员，也曾下海经商，经历丰富，现任湖北省中华诗词学会副会长兼秘书长。其诗集《云水禅音细细吟》收录了其在2015—2024年间创作的诗词作品400余首。他秉承"写真生活，发真性情"的创作理念，多取材于现实生活，从所闻、所历、所感的日常过往中生发诗意，既见家国情怀，亦具市井烟火气息。

其在艺术表达上追求情景相生、清新自然的风格，注重对中华诗词经典作品章法、技法的精研考究，并应用于指导当今诗词创作实践，倡导并践行传承与创新并行、读与写结合、入情入境的诗词创作方式。描绘诗意的生活，表达生活的诗意，是《云水禅音细细吟》所刻意追求和努力呈现的。

剑男在华中师范大学文学院当过刊物编辑和教师，是一位低调而勤奋的诗人，作品曾获丁玲文学奖、湖北文学奖。其诗集《万物都有一个安静的去处》收录了其在2015—2024年间创作的诗歌作品200余首。该诗集聚焦诗人故乡幕阜山的自然山水和风土人情，以及生存于其间的父老乡亲们艰辛而淳朴的乡村生活，集中展现了诗人渴望通过诗歌重建人与自然关系的写作理想。剑男的诗歌注重人对自然的深度介入，既有精神的高蹈，也有对生活现场的热情灌注。故乡的一草一木在诗人笔下回归自身，自然和人作为本体被再次发现，在对朴素生活的观察中渗透着深刻的思考。

易飞早年在报社做过记者，后来在杂志社做过总编，兼写长篇小说，近几年转为新体诗创作与评论。据他自己说"算是找到了感觉"。其诗集《傍晚下起了阵雨》是其2020年回归诗歌后的作品结集。其诗作题材丰富，风格不断变化，饱含热情、勤勉和朴诚的精神，引起诗坛关注。其诗艺渐至精妙，且日臻浑圆，不断有佳作出现。特别是其"亲人系列"作品，情感深沉，含义幽微，别开生面，余味厚重。他近年开启"易飞掰诗"评论系列，精读文本，从一个写手的角度直言自身感受，其庄敬、实诚、直接的论诗风格为人所称道。

以上只是对 12 位诗人的作品进行一种浮光掠影式的浏览，旨在为读者勾勒出"桂岳诗派"的总体形象：每一位入选者都有自己的特色，集合在一起会爆发出巨大的能量。武汉大学有"珞珈诗派"，10 年前就树起了旗帜，影响不小。后起的"桂岳诗派"能否向"珞珈诗派"看齐，或者形成"比学赶帮超"的态势，则取决于华中师范大学诗人群体的共同努力。当下我国诗坛的诗派不是太多，而是太少，为什么不可以在学校提出建立"桂子学派"的同时，也建立一个影响广泛的"桂丘诗派"呢？同时，也希望我们的每一所重要的大学，都能结合自己的优势和特色，在这方面做出一个或多个样板来。

2024 年 6 月 28 日

目　　录

诗　部

五绝 / 003
2015 年 / 003
咏老茶 / 003
题东湖"咏梅茶庐" / 003
秋夜 / 004
2016 年 / 004
和吴琦兄品茗诗 / 004
宜昌小景 / 005
题中凯兄抱外孙女照 / 005
咸宁三山川茶店写意 / 006
2018 年 / 006
花语禅意 / 006
玉川茶室写意 / 007
2019 年 / 007
山中戏答京城蔡蔚学棣问 / 007
2020 年 / 008
和吴琦兄《养拙》/ 008

女儿寄送云南普洱小金沱茶 / 008

庚子秋日访清大万博实验学校 / 009

参加 2020 中华诗词学术论坛及省诗词学会第七届大会
　　随感 / 009

"诗韵东亭"写意 / 010

东湖悦舍 / 010

2021 年 / 011

孝感爱心书屋写意 / 011

"诗影艺术"写意并寄刘后清先生 / 011

2022 年 / 012

集句贺草堂诗社成立五周年 / 012

访华师京山分院旧址口占 / 012

2023 年 / 013

米小君子园夜吟 / 013

七绝 / 014

2015 年 / 014

结婚纪念日致妻 / 014

致友人 / 014

致学生高洁 / 015

东湖六月天 / 015

过澳门 / 016

读唐随感·兴庆宫 / 016

读唐随感·大雁塔 / 017

重登岳阳楼 / 017

韶山滴水洞瞻仰毛主席办公处 / 018

师生重聚 / 018

题宜都红枫图 / 019

2016 年 / 019

新洲凤凰谷掠影　竹枝词四首 / 019

 其一　印象 / 019

 其二　寒梅亭 / 020

 其三　红花轿 / 020

 其四　打糍粑 / 020

剑胆兰心 / 020

贺张君荣迁 / 021

女儿领取结婚证感赋 / 021

清风絮语写意 / 022

一朵 / 022

题台湾名牌小吃五花马　竹枝词二首 / 023

 一 / 023

 二 / 023

和吴琦兄《丙申中秋》诗 / 023

题图《小村故事》/ 024

题照《梦入桃源》/ 024

贺段维教授履新 / 025

2017 年 / 025

春日偶兴 / 025

圣景品闲 / 026

焗油戏作 / 026

2018年 / 027
咏鸵鸟 / 027
戊戌春游张公山寨 / 027
东湖樱花园赏樱不得 / 028
黄州遗爱湖十二景写意 / 028
  其一 遗爱清风 / 028
  其二 临皋春晓 / 028
  其三 东坡问稼 / 029
  其四 一蓑烟雨 / 029
  其五 琴鸟望月 / 029
  其六 红梅傲雪 / 029
  其七 幽兰芳径 / 029
  其八 江柳摇村 / 030
  其九 大洲竹影 / 030
  其十 水韵荷香 / 030
  其十一 霜叶松风 / 030
  其十二 平湖归雁 / 030
题春风诗社 / 031
远安农家 / 031
戊戌重游潜江章华台 / 032
南水北调工程兴隆水利枢纽随想 / 032
题雷礼金学长所摄古村组照 / 033
题同窗摄影照 / 033
过天堂寨玻璃栈道 / 034
题孙德生画作《通山大夫第》五首 / 034

  一 / 034

  二 / 034

  三 / 035

  四 / 035

  五 / 035

题内子照 / 035

步韵和天山邓世广汉上琴台感赋 / 036

叹重阳 / 036

与妻游大悟红叶景区 / 037

2019 年 / 037

贺吴琦兄诗集出版 / 037

己亥春游丹阳金卉庄园 / 038

贺中凯兄出任省桥牌协会会长 / 038

己亥中秋思父 / 039

为学兄赵君写意 / 039

汉宜和谐号动车寄内 / 040

荆门名师邓济舟老师写意 / 040

2020 年 / 041

步韵杜甫《绝句漫兴九首》/ 041

  其一 / 041

  其二 / 041

  其三 / 041

  其四 / 041

  其五 / 042

  其六 / 042

其七 / 042
　　其八 / 042
　　其九 / 042
见大学同窗校门前接双胞胎孙女照片感赋 / 043
庚子疫困已近两月，首次出门游城东公园，时值春分 / 043
最美人间四月天　竹枝词辘轳三首 / 044
　　一 / 044
　　二 / 044
　　三 / 044
晚景 / 045
见藤攀木有作 / 045
回乡偶书 / 046
题雷礼金所摄齐安湖生态农庄组照 / 046
庚子秋雨中访三里畈苍葭冲 / 047
庚子秋访罗田拨云尖得偈语 / 047
紫春白茶写意　新韵 / 048
次韵段维《忝任湖北省中华诗词学会第七届理事会会长有寄》/ 048
古镇食府写意 / 049
襄阳习家池怀思 / 049
2021 年 / 050
赞卫国戍边英雄团长祁发宝 / 050
沙湖寻妻 / 050
辛丑年春末偕妻游黄陂清凉寨 / 051
大悟红叶 / 051

悼袁隆平 / 052

临屏即占写建国彦玲伉俪游江夏小朱湾 / 052

忆旧事悼章开沅老校长 / 053

辛丑夏至恩施访谒何功伟、刘惠馨烈士就义处及埋骨之地
　并叶挺将军被囚旧址 / 053

段维拂尘园太空莲写意 / 054

应建国兄之约为建始玉华山庄写意 / 054

咏崇阳绳武周家牡丹 / 055

洪湖燕窝镇"新升隆"轮遇难烈士纪念碑感赋 / 055

辛丑仲秋陪九旬老母游孝感怡荷园 / 056

用范诗银会长韵题《十四五时期中华诗词发展规划》/ 056

说冯京 / 057

观戏羊视频咏羊 / 057

无语自粤临汉聚于武昌后巷把酒论诗拈韵得"间"字 / 058

2022 年 / 058

题《诗情墨韵》台历二首 / 058

　　一 / 058

　　二 / 059

辛丑冬偕妻及丽华妹诣江夏槐山矶驳岸 / 059

忆别离 / 060

壬寅立春日陪九旬岳父游宜昌沙河公园 / 060

龙抬头日做核酸检测有感 / 061

壬寅早春水果湖畔观柳 / 061

咏油菜花 / 062

北京冬奥会开幕感赋 / 062

夷陵　竹枝词二首 / 063
　　一 / 063
　　二 / 063
游洪湖万亩荷田 / 063
壬寅端午游宜昌滨江公园偶见荷池苞笔如簇感而赋之 / 064
壬寅夏浓雾细雨中登大洪山 / 064
辽宁阜新海棠山观摩崖造像 / 065
阜新海棠山得偈语笑答同窗 / 065
壬寅盛夏访京山孙桥 / 066
壬寅鄂州庾楼诗会得句 / 066
嫦娥四号礼赞　联章 / 067
　　一 / 067
　　二 / 067
　　三 / 067
题图《携手白头》/ 068
盆景 / 068
2023 年 / 069
题腊梅图 / 069
悼著名语言学家邢福义老师 / 069
贺"湖北诗词"公众号创建 / 070
咏麻城邻味馄饨 / 070
癸卯春闰二月午后小步安陆五言陆色农庄 / 071
偕妻沙湖观花即占 / 071
癸卯《一天一诗集》日历书成戏占 / 072
题神农架酱酒 / 072

女儿送青花瓷茶盏感而有作 / 073
保康尧治河村写意 / 073
癸卯初秋乘老火车由武昌往阜阳偶感 / 074
颍上尤家花园荷池断想 / 074
赞沙洋县防卫所清扫工肖燕 / 075
忆旧事痛悼沈俊杰先生 / 075
癸卯秋过古隆中 / 076
癸卯秋偕妻游武昌江滩粤汉铁路公园 / 076
步韵和学兄吴绪久梅诗 / 077
癸卯冬日长缨诗社座谈拈韵得"缨"字 / 077
2024 年 / 078
集句贺天门女子诗社三周年庆典 / 078
麻城汉唐古驿随想 / 078
有感于汉口竹枝词申遗成功 / 079
竹枝词二首 / 079
　　其一　兔年岁末突遭极端气候 / 079
　　其二　过马路闻老夫妇对话 / 080
有感于一件缝有七十三个补丁的睡衣 / 080
观宜昌西陵"诗颂屈原文润西陵"文艺会演 / 081
剥杜牧诗赞茶乡店垭 / 081
宜昌金刚山戏题 / 082
甲辰夏日至保康双峪乡 / 082
甲辰夏日暮宿南漳香水河景区七彩山庄 / 083

五律 / 084
2016 年 / 084
咏竹 / 084

叹孤鸟 / 085

我有一壶酒 / 085

我有一壶酒　五祖寺版 / 086

读《抱玉集》致龙腾 / 086

咏菊　步韵李菲 / 087

2017 年 / 088

忆旧游 / 088

杏林感悟 / 088

咏苔三首 / 089

　　一 / 089

　　二 / 089

　　三 / 089

佐松兄鸭蛋圆词读后 / 090

东湖梅园行 / 090

2018 年 / 091

次韵郑欣淼先生题东亭女子论坛 / 091

楚家冲游汉上雅集拈得"相"字 / 092

咏月季花 / 092

步韵和岭南邹国荣先生《酬武汉诸诗兄》/ 093

重症监护室陪护老父思往事 / 094

2019 年 / 094

咏兰并寄聆兰诗社 / 094

有所思　平仄双步王维《终南别业》/ 095

即席次韵佐松兄《己亥谷雨长春观雅集》/ 095

步韵和听雪《汉口北文化交流会有感》/ 096

2020 年 / 097

归思　步张九龄韵 / 097

庚子立夏 / 098

庚子秋日应兆嵩会长之邀访黄陂红胜寨野草诗社华中研修院 / 098

庚子初冬偕妻武大观银杏 / 099

2021 年 / 099

辛丑春夏之交陪岳父游东湖 / 099

况味自吟 / 100

辛丑年清明祭父 / 100

妻随机关离退休干部于英山避暑期间发来参加合唱排练照片感而赋之 / 101

联咏大别山分韵得"思"字 / 101

平仄双步傲啸客《望月》 / 102

辛丑年秋参加天门"双节"文化活动有记 / 103

2022 年 / 103

壬寅年前祭父 / 103

壬寅春深时节诣潜江拖船埠 / 104

党的二十大召开感赋 / 104

2023 年 / 105

咸宁诗联学会换届有寄 / 105

癸卯秋邀苕帮小聚于梅苑楚鲜生（原后巷）酒家 / 106

荆州市川店诗乡创建诗词吟诵会观百名儿童齐诵及诗韵旗袍秀等 / 106

2024 年 / 107

癸卯冬诗乡"回头看"赤壁拈韵得"大"字有作
  新韵 / 107

七律 / 108

2015 年 / 108

乙未年生日记事 / 108

贺韩军、江凤梅新婚 / 108

醉中感怀 / 109

黄陂之春 / 109

乘东方航空班机自武汉至深圳转道香港 / 110

蜗居感怀 / 110

哭祖武 / 111

2016 年 / 112

丙申年生日记怀 / 112

邵逸夫赞 / 112

即事有感和傲啸客 / 113

咏胡杨 折腰 / 113

步韵和继松兄《花甲自嘲》诗 / 114

赠友人刘新 / 114

2017 年 / 115

丁酉年正月初四游远安金家湾 / 115

花甲感赋 卷帘体 / 116
  卷帘一 / 116
  卷帘二 / 116
  卷帘三 / 116

  卷帘四 / 117

  卷帘五 / 117

  卷帘六 / 117

  卷帘七 / 117

  卷帘八 / 117

步韵和围炉夜话《退休吟》/ 118

女儿出嫁写怀 / 119

2018 年 / 119

抗日战争胜利纪念日书愤 / 119

通山行临屏和傲啸客 / 120

戊戌年教师节有感 / 121

次韵荆州廖国华《题古琴台钟俞石雕像》/ 121

迎武汉旅美诗人鲁久光先生雅集拈韵得"涯"字 / 122

记旅美华人鲁老鄂南之行 / 123

2019 年 / 123

步韵敬和白雉山老《八六初度自嘲》/ 123

  一 / 123

  二 / 124

爱女生日感赋 / 125

己亥盛夏英山纪行 / 125

贺《武汉诗词论坛精粹》印行 / 126

为水洲君病愈出院作 / 126

沈阳文政公莅汉雅集于汉口马一洒清真餐厅拈韵得"辞"字 / 127

观武汉军运会开幕式感赋 / 127

贺恩施东方红中学邱素英老师八十华诞 / 128

2020 年 / 128

斗瘟神　步毛韵二首选一 / 128

　　其二 / 128

庚子年生日感吟 / 129

疫中蜗居杂咏步韵杜甫《秋兴八首》　选四 / 130

　　其二 / 130

　　其三 / 130

　　其六 / 130

　　其八 / 131

武汉战疫步韵杜甫《返照》/ 131

步韵和泉名并祝康复 / 132

寿刘南陔老师八十华诞 / 132

寿杨世敬老师八十华诞 / 133

寿胡国栋老师八十华诞 / 133

贺王旋、彭宜蔷喜结良缘 / 134

遥寄荆门刘南陔先生 / 134

2021 年 / 135

步韵和铜人像《庚子冬夜小聚》/ 135

辛丑生日感怀 / 136

远安花林寺宴集为姨侄女王昕玥入武汉体育学院深造即席
　赋之 / 137

鄂州庾楼怀古　江月连珠 / 137

即事感怀 / 138

步韵清江野老并以寄之 / 138

贺黄冈诗词学会第五届大会召开 / 139
诗乡掠影步韵和阳新汤立久 / 139

2022 年 / 140

壬寅年生日自嘲 / 140
步韵和林峰会长《北京冬残奥会礼赞》/ 141
阜新宝地斯帕温泉有作 / 142
时事有感步毛诗原韵 / 142
戏说高压锅 / 143
西藏那曲气象人礼赞 / 143
悼华中师大丁成泉老师 / 144

2023 年 / 144

痛悼向进青老会长 / 144
挽湖北省中华诗词学会副会长、鹰台诗社社长姚争杰
　　君 / 145
壬寅除夕感怀 / 145
癸卯年生日记事 / 146
步韵奉和武昌长春观信谷道长《癸卯谷雨雅集》/ 146
贺蕲春县诗词学会第二届会员代表大会召开 / 147
步韵少林兄宴别谢先生酒家 / 148
癸卯秋中馆驿同窗赴鄂州同贺张同学佳儿新婚并游梁子湖
　　纪行 / 149
贺鄂州市诗词学会第四次会员代表大会召开次韵何中
　　桥 / 149
甲辰春节杂咏 / 150

2024 年 / 150

癸卯岁末立春日遭遇五十年未见之异常气候感而赋之 / 150

甲辰春节杂咏 / 151

甲辰生日自题 / 151

清明节后宜昌众亲于夷陵黄柏河湿地公园踏青野炊 / 152

步韵和刘庆霖会长《赴赣参加新田园诗研讨会有咏》/ 152

步韵和武昌长春观信谷道长《甲辰谷雨雅集》/ 153

麻城诗词学会盛会有寄 / 154

古风 / 155

2016 年 / 155

秋情 / 155

2019 年 / 155

祭父文 / 155

情韵百里荒 / 157

2020 年 / 158

庚子秋双节游罗田掠影 / 158

母亲节悼岳母 / 158

庚子冬日偕友访鹿门山次韵孟浩然《登鹿门山怀古》/ 160

2021 年 / 160

牛年咏牛分韵得"饮"字 / 160

贺熊君政春七十华诞 / 161

贺中华诗词学会乡村诗词工作委员会在湖北成立集句步韵
　　范诗银会长 / 162

2022 年 / 163

壬寅夏安陆白兆山骋怀次李白《江上吟》韵 / 163

词　　部

小令 / 167

2015 年 / 167

浣溪沙·闲趣　射谜格 / 167

浣溪沙·春思　射谜格 / 167

浣溪沙·山居　射谜格 / 168

行香子·和有无斋兄 / 168

苏幕遮·忆知青岁月 / 169

临江仙·廉政 / 169

2016 年 / 170

临江仙·崇阳古堰湾写意 / 170

苏幕遮·同窗京华雅聚 / 171

踏莎行·陕中战役祭 / 171

鹧鸪天·武昌江滩月亮湾海棠公园掠影 / 172

鹧鸪天·江城楼兰美食 / 172

浣溪沙·配镜 / 173

卜算子·红叶 / 173

浣溪沙·题图《红叶》步韵和雨雁悠扬 / 174

2017 年 / 175

临江仙·病榻徒羡雅集戏和段维教授等 / 175

鹧鸪天·读农民工赤身扛包手牵幼童口衔香烟图 / 176

临江仙·戏说手机 / 176

四和香·中秋 / 177

2018 年 / 177

思佳客·丁酉除夜 / 177

卜算子·为妻五十五岁生日作 / 178

鹊桥仙·戊戌自寿次韵刘辰翁 / 178

采桑子·东湖十首次韵欧阳修 / 179

  其一 东湖绿道 / 179

  其二 东湖樱园 / 179

  其三 东湖泛舟 / 180

  其四 东湖磨山 / 180

  其五 东湖寻梅 / 180

  其六 听涛 / 180

  其七 东湖观荷 / 181

  其八 东湖吹笛 / 181

  其九 东湖行吟 / 181

  其十 东湖放鹰 / 182

鹧鸪天·戊戌端午节前游英山四季花海 / 182

鹧鸪天·守护 / 183

临江仙·华师二附中1983级3班毕业35周年昆山雅聚感赋 / 183

踏莎行·戊戌昆山闻学生言旧事次毛滂原韵 / 184

2019 年 / 184

少年游·己亥初一拜年思父 / 184

望江南 / 185

蝶恋花·蝴蝶兰 / 185
浣溪沙·江城雅聚 / 186
浣溪沙·宜昌运河公园掠影 / 186
西江月　限以"胡"入韵 / 187
临江仙·雅聚拈韵得"人"字 / 187
忆江南·国庆三章 / 188
　　一 / 188
　　二 / 188
　　三 / 188
夜游宫·傲啸客招饮分韵得"一"字 / 189
浣溪沙·己亥冬日思老父 / 189
临江仙·女儿发图片以状梦中之境即兴赋之以寄 / 190
2020 年 / 191
临江仙·步楚成原韵赋"诗警印象"文化墙 / 191
木兰花·三顾茅庐雅集以"半"为韵 / 192
渔家傲·钟南山院士礼赞步范仲淹韵 / 192
皂罗特髻·恍如梦里　用苏轼调 / 193
小重山·庚子端午 / 193
西江月·庚子年教师节听雪邀聚武昌谢先生酒家约以"舍得"同题 / 194
鹧鸪天·罗田纪游 / 194
2021 年 / 195
木兰花·立春日戏作 / 195
南乡子·逗娘开心 / 196
浣溪沙·即席次韵和泉名《长春观辛丑谷雨雅集即席》/ 196

临江仙·题白云边酒 / 197
浣溪沙·咏秋次韵秦观 / 197
踏莎行·辛丑冬日偕妻游黄花涝并府河湿地公园 / 198
临江仙·声援西安抗疫 欧阳修体 / 198

2022 年 / 199

安排令·记壬寅元宵节宜昌滨江公园灯会 / 199
木兰花·谒通城枫树畈抗战遗址 / 199
鹧鸪天·彰武万亩治沙生态示范区掠影 / 200
鹧鸪天·2023 年元旦将至写怀 / 200

2023 年 / 201

临江仙·见内子所摄省学会办公室场景视频戏作 / 201
鹧鸪天·依原韵致敬中华诗词学会常务副会长范诗银先
　生 / 202
鹧鸪天·次韵清风并贺芳辰 / 203
采桑子·端午怀屈原 / 203
浣溪沙·过宛平城有作 / 204
临江仙·为刘安兄《四时吟》五言诗选出版作 / 204

2024 年 / 205

生查子·除夕 / 205
临江仙·甲辰清明过家乡老诗人曾卓故居 / 206
夜游宫·甲辰春抱朴书生邀苕帮数子夜饮于上菜呷饭酒楼
　分韵得"一"字 / 206

中长调 / 208

2015 年 / 208

水调歌头·乙未中秋记怀 / 208

2016 年 / 209

水调歌头·乙未羊年岁末感怀 / 209

寿星明·吴琦兄花甲之贺 / 209

最高楼·秋心 / 210

2017 年 / 211

水龙吟·贺中华诗词学会成立三十周年步韵和刘征先
　　生 / 211

2018 年 / 212

水调歌头·戊戌春月与发小同窗屈建华、刘晓明、林德任
　　重聚于汉上 / 212

水龙吟·泪祭根茂兄 / 213

沁园春·戊戌秋日入校四十周年同窗雅集感赋 / 213

2019 年 / 214

八声甘州·己亥春访通城药姑山 / 214

烛影摇红 / 215

水调歌头 / 215

水调歌头·黄鹤楼感怀 / 216

2020 年 / 217

剔银灯·己亥岁末程林伉俪宴武汉诗友于三顾茅庐酒店结
　　义厅分韵得"瑞"字以赋之 / 217

风入松·牵挂 / 218

2021 年 / 218

一剪梅·观电视连续剧《跨过鸭绿江》有感 / 218

行香子　次苏轼韵 / 219

沁园春·赞全国脱贫攻坚先进个人胡长学 / 219

水调歌头·为 2015 年全国优秀县委书记表彰大会作 / 220

水调歌头·新时代的统战工作 / 221

贺新郎·中国共产党百年华诞感赋 / 221

2022 年 / 222

紫玉箫·湖北长缨诗社成立感赋次韵和范诗银先生 / 222

忆旧游·壬寅夏访京山雅集分韵得"桃"字 / 223

苏幕遮·次韵泉名夜游二乔公园词 / 224

2023 年 / 225

行香子·癸卯仲春应易飞君约参加"次要一自在"赤壁笔会有赋 / 225

行香子·癸卯仲春江畔雅集拈得"昌"字 / 225

西河·癸卯春南漳县创建"中华诗词之乡"考察验收至春秋寨次周邦彦韵 / 226

水调歌头 / 227

蓦山溪·癸卯秋日江郎才尽招饮于汉口梅园拈韵得"茂"字　中华通韵 / 227

行香子·癸卯深秋吴门耆宿蝴蝶庄生自川返苏途经武汉与苕帮聚于武昌梅苑楚鲜生席间拈韵得"江"字 / 228

2024 年 / 229

念奴娇·癸卯冬日和为贵君邀集武昌津津花园席间拈韵得"别"字以赋 / 229

诗　部

五绝

2015 年

咏 老 茶

紫壶烹玉雪,老叶蕴香浓。
多少沧桑意,衔杯一品中。

2015-3-3

题东湖"咏梅茶庐"

咏思山水载,梅韵雪中藏。
茶煮人间味,庐飘世外香。

2015-8-22

秋　夜

漫兴东湖岸，虹桥漾绿波。
无心人入画，月映柳婆娑。

2015-10-17

2016 年

和吴琦兄品茗诗

烹雪品从容，岁穷途未穷。
酸甜咸辣苦，俱化一壶中。

2016-1-1

附原玉：

岁暮品从容，一壶乐无穷。
年来尘俗事，都入南柯中。

宜昌小景

夷陵山水好，冬日胜春朝。
古榭洋楼下，一笛自逍遥。

2016-2-7

题中凯兄抱外孙女照

了却劳形事，倾情小外孙。
朴心生笑意，鹤发写天真。

2016-9-30

咸宁三山川茶店写意

三光日月星，山秀毓华英。
川汇春秋水，茶浓今古情。

2016-12-30

2018 年

花 语 禅 意

凡尘空宝相，水月镜中花。
笑看人间事，多由一念差。

2018-4-27

玉川茶室写意

玉叶露华浓,川江取一泓。
茶烹山水色,室静五心空。

2018-8-2

2019 年

山中戏答京城蔡蔚学棣问

常行山水里,岁月自依依。
几度枯荣过,禅心已忘机。

2019-3-29

2020 年

和吴琦兄《养拙》

南湖对芷离,和寡大音稀。
老茶清胜酒,自在即菩提。

2020-6-11

附原玉:

养拙多迷离,老来友渐稀。
半生成幻觉,愧向人前提。

女儿寄送云南普洱小金沱茶

情起云南树,鸿飞千里途。

壶中烹隽味，掌上抚金珠。

2020-8-22

庚子秋日访清大万博实验学校

树蕙滋兰处，江南又一家。
校园秋正好，夺目格桑花。

2020-10-26

参加2020中华诗词学术论坛及省诗词学会第七届大会随感

忝列诗人队，欲承唐宋歌。
无声泉眼细，涓滴入长河。

2020-11-2

"诗韵东亭"写意

诗咏千秋事,韵传唐宋风。
东湖佳丽地,亭榭蔚春浓。

2020-11-3

东 湖 悦 舍

石径飘红叶,竹篱疏悦舍。
金镲忆青春,石磨研岁月。

2020-11-20

2021 年

孝感爱心书屋写意

爱在天地人,心怀美善真。
书香熏孝感,屋小大乾坤。

2021-9-18

"诗影艺术"写意并寄刘后清先生

诗写沧桑事,影摇山水中。
艺林风景线,术化鬼神功。

2021-9-30

2022 年

集句贺草堂诗社成立五周年

草木郁青青,堂含沧海声。
诗情缘境发,社后酒犹清。

2022-3-22

访华师京山分院旧址口占

梭罗河畔草,曾长读书声。
六棵玉兰树,四十四年情。

2022-5-31

2023 年

米小君子园夜吟

江夏寻幽处,鲁湖儒雅多。
蛙鸣风入竹,鱼溅月浮波。

2023-5-8

七绝

2015 年

结婚纪念日致妻

危家淑女胡家郎,晓镜青丝忽已霜。
红尘不扰诗书乐,爱女如花满屋香。

2015-4-14

致 友 人

吴山楚水钟灵秀,琦树仙葩傲雪梅。
建业兴家忠与孝,敏行笃志翼齐飞。

2015-3-31

致学生高洁[1]

高标雅致客京华,洁质冰心国与家。
十载苦寒真境界,分明楚汉一枝花。

【注】①高洁,武汉电视台主持人,因与央视合作项目驻京十年。

2015-6-19

东湖六月天

可人景致数江南,爱看东湖六月天。
杨柳依依游客醉,蕊红叶绿半湖莲。

2015-7-6

过 澳 门

珠光宝气竞豪奢,金殿华堂焕彩霞。
碧眼红髯翻作主,主人似客别人家。

2015-7-23

读唐随感·兴庆宫

帝业王勋文武功,龙楼凤阙一时雄。
若无太白清平调,未必人知兴庆宫。

2015-8-29

读唐随感·大雁塔

储空高怨岑思隐,格古辞雄境已奇。
昆仑读罢方知圣,一等襟怀一等诗。

2015-9-5

重登岳阳楼

洞庭又见柳吟秋,万古风流万古愁。
笑我已无今世望,还怀忧乐诣名楼。

2015-10-2

韶山滴水洞瞻仰毛主席办公处

龙骧虎步此山中,为国筹谋思大同。
夜半墨香菊花砚,雄文拟就东方红。

2015-10-4

师 生 重 聚

江城巧遇酒满卮,四十余年星斗移。
我赞老师多矍铄,老师为我理银丝。

2015-10-19

题宜都红枫图

木落花飞百草黄,阴云苦雨景凄凉。
天公倦眼浑无趣,遍染红叶映秋江。

2015-11-5

2016 年

新洲凤凰谷掠影　竹枝词四首

其一　印象

举水龙丘百里岑,新修小道入荆榛。
眼前一亮凤凰谷,画栋雕梁锦绣村。

其二　寒梅亭

一树寒梅映彩亭,亭前流水漾花明。
红廊绿甸通幽径,信步徐行万念清。

其三　红花轿

红绸檀木玲珑阁,顾盼娇羞少女心。
宝马奔驰炫富贵,何如幸福抬进门。

其四　打糍粑

糯米珍珠粒粒匀,木槌石臼往来频。
热如龙脍凉如玉,岁兆祯祥万户春。

2016-2-6

剑 胆 兰 心

剑气锋芒虎豹威,胆含苦志蛰龙椎。

兰窗晓梦关山月,心在连营绿帐帷。

2016-3-21

贺张君荣迁

张帆踏浪御长风,曙色澄明旭日红。
高者贤当天下任,升迁无碍一心公。

2016-3-27

女儿领取结婚证感赋

婚证娇颜相映红,花开并蒂浴春风。
可知父母笑含泪,血肉亲情至此浓。

2016-4-18

清风絮语写意

清水出山环秀林,风梳玉竹醉瑶琴。
絮飞苍野迢迢路,语诉蕉桐夜夜心。

2016-4-24

一　　朵

一朵简单千朵繁,花飞万片坠尘烟。
眼前瓣蕊须惜取,几缕春风几缕残。

2016-5-3

题台湾名牌小吃五花马 竹枝词二首

一

来自台湾老品牌,江城落户美食街。
饺饼馍糕汤粥面,色香形味赛瑶台。

二

貂裘换酒五花马,逸气仙情今古同。
凭轩细品千般味,一盏清茶胜酒浓。

2016-7-26

和吴琦兄《丙申中秋》诗

当年赤壁醉东坡,如梦人生叹奈何。

千古风流东去水,江天唯见月婆娑。

2016-9-15

附原玉：

几回收泪读东坡,思入天地求意和。
莫以辛酸甲子憾,心中今夜只婆娑。

题图《小村故事》

风萧云动鸟喧林,清水石桥傍小村。
可叹千年无故事,闲看日出到黄昏。

2016-9-27

题照《梦入桃源》

远岫飞霞三径晚,水环花木四时春。

桂香竹影清风月,诗赋酒茶方外人。

2016-10-2

贺段维教授履新

人生得意是中秋,山逸情怀水亮眸。
总有诗心观自在,何分东阁与西楼。

2016-10-29

2017 年

春日偶兴

东湖三月水龙喧,杏李桃樱竞雅妍。

声色不闻春睡足,红尘闹处野夫闲。

2017-2-21

圣景品闲

轻云漫雾到荆门,圣景山中有故人。
精舍雕栏环碧树,品闲何必杏花村。

2017-4-7

焗油戏作

染却银丝充少年,日间碌碌夜无眠。
戏称花甲青春始,该到闲时不敢闲。

2017-4-8

2018 年

咏 鸵 鸟

凤鸟风姿龙马神,裹沙旋日自驰奔。
何须振翅虚高远,足踏荒原万古心。

2018-1-20

戊戌春游张公山寨

严西湖畔柳如烟,万顷波涛古战船。
三国争雄留胜迹,任由楚客品江山。

2018-3-10

东湖樱花园赏樱不得

左突右钻难进门,老翁园外欲销魂。
芳心似解相思苦,挤出墙头看故人。

2018-3-25

黄州遗爱湖十二景写意

其一　遗爱清风

遗名太守谪诗仙,爱坐幽篁对月酣。
清静无为真自在,风流余韵至今传。

其二　临皋春晓

临江啸傲快哉亭,皋阜横溪泉暗鸣。
春至雪堂新雨足,晓风残月伴躬耕。

其三　东坡问稼

东瞰大江西望山,坡田垄亩竹桑园。
问君何处斯文在,稼穑农夫一诗仙。

其四　一蓑烟雨

一为迁客贬黄州,蓑笠芒鞋任自由。
烟锁琼楼千里外,雨潇潇处且吟讴。

其五　琴岛望月

琴韵幽幽欲问天,岛中岁月杯中澜。
望仙楼上君何在,月出东山牛斗间。

其六　红梅傲雪

红蕊玉肌幽谷中,梅情高逐晓云空。
傲然不屑群芳妒,雪压冰欺色愈浓。

其七　幽兰芳径

幽幽独步看溪云,兰似知交我似芹。
芳草萋萋春又去,径空人杳自清芬。

其八　江柳摇村

江涵秋影雁南飞，柳舞雪堂人未归。
摇荡香醪迁客梦，村头高卧对斜晖。

其九　大洲竹影

大潮起落小舟横，洲渚幽湾浪甫平。
竹乱乌台窗外月，影犹凛凛魄犹惊。

其十　水韵荷香

水影凌波淡淡妆，韵含天籁醉千觞。
荷盘玉露无人见，香逐蟾辉照雪堂。

其十一　霜叶松风

霜冷乌台凝夜月，叶飘赤壁逐寒流。
松经雨雪冲天立，风物江山一望收。

其十二　平湖归雁

平生颠踬一心轻，湖海漂舟恁雨晴。

归去犹怀遗爱处,雁回赤壁故人行。

2018-4-9—2018-4-13

题春风诗社

春种秋收硕果丰,风光霁月蔚霞彤。
诗词岂止休闲事,社稷民生吟咏中。

2018-4-21

远安农家

竹茂林深山气清,门前兰树听泉鸣。
溪边摘取紫苏叶,撒向鱼锅去味腥。

2018-5-19

戊戌重游潜江章华台

酒红腰细一台高,醉看江山风雨摇。
无语残垣思霸业,多情楚客唱离骚。

2018-5-25

南水北调工程兴隆水利枢纽随想

折柱绝维山不周,天焦地渴禹王愁。
多情最是江南水,千里奔流到蓟州。

2018-5-26

题雷礼金学长所摄古村组照

黛瓦青墙剪碧天,经风沐雨越千年。
奢华不入木兰寨,唯有乡愁袅袅烟。

2018-6-11

题同窗摄影照

追光掠影自从容,万象缤纷方寸中。
慧眼灵心通妙境,无声诗画镌时空。

2018-7-5

过天堂寨玻璃栈道

扶岩闭目腿弹琴,耳畔风声杂鸟音。
此景此情挥不去,深宵入梦尚惊心。

2018-9-9

题孙德生画作《通山大夫第》五首

一

无言老树卧穷途,断瓦颓垣旧雅庐。
华庭玉立曾栖凤,啸傲丛林士大夫。

二

裁云镂月缀时空,做旧维新运化工。
重现风流大夫第,泉滋枯井酿情浓。

三

权量尺寸论方圆,孔思周情播楚天。
来年揭幕登堂奥,千古风流到眼前。

四

粉壁砖墙电线杆,古今糅杂奈何天。
芝麻小事洪荒力,建亦难兮拆亦难。

五

通山名士遗名宅,沐雨经风黑与红。
尘世沧桑多少事,大夫第里觅行踪。

2018-9-12

题内子照

一袭红衣照水柔,闲云野鹤自悠悠。

平生不共百花艳，独向东篱唱晚秋。

2018-10-10

步韵和天山邓世广汉上琴台感赋

执手琴台别亦难，秋来枫叶已流丹。
鹏城水月天山雪，醉共江南一曲弹。

2018-10-12

附原玉：

高山流水悟犹难，一曲清音一寸丹。
休说绝弦真俗论，此琴不肯对牛弹。

叹　重　阳

少年自恃岁来长，轻掷无边好景光。

曾讪邻翁头插菊，如今我也过重阳。

2018-10-17

与妻游大悟红叶景区

当年战地品从容，绰绰游人淡淡风。
叶醉金秋人醉酒，霞光溢彩满山中。

2018-11-5

2019年

贺吴琦兄诗集出版

吴楚江山毓秀华，琦光翠彩写生涯。

诗心不改如明月，选胜寻幽入境佳。

2019-3-15

己亥春游丹阳金卉庄园

清樽抛却亦疏狂，漫水流春四野芳。
桃李半开樱正盛，赤橙黄紫郁金香。

2019-3-17

贺中凯兄出任省桥牌协会会长

中岁桥坛闲问道，凯歌频唱楚江天。
挂帆扬棹群贤聚，帅出东湖云水间。

2019-5-1

己亥中秋思父

怕见中秋月上天,清光如水照无眠。
去年今日人犹在,老父嫌儿不少年①。

【注】①去年中秋,老父与我相对而坐。良久,老父抚摸着我头上的白发,喃喃道:"我的儿,你么样老得这么很呢?"当时我扑哧一笑,九十岁的老子还嫌六十岁的儿子老了!如今又至中秋,老父已不在了。回想其时其景,不禁潸然。

2019-9-11

为学兄赵君写意

赵郭燕城楚殿秋,江云鹤影过芳洲。
森森竹里闲庭院,妙曲归元入小楼。

2019-9-13

汉宜和谐号动车寄内

慈萱辗转病床间，寸草春晖一报难。
我念夷陵君念汉，秋风一路祷平安。

2019-9-20

荆门名师邓济舟老师写意

邓林大木堪支厦，济岱山高欲破天。
舟泊龙泉心在海，帅旗一指竞千帆。

2019-12-20

2020 年

步韵杜甫《绝句漫兴九首》

其 一

漫度浮生醉复醒,轻描淡写赋闲亭。
营营役役途程迥,到底难求是澹宁。

其 二

参透色空皆是幻,此心安处即为家。
风霜雨雪关窗外,小室偷开数朵花。

其 三

嫣红姹紫缤纷日,蝶舞蜂喧往复频。
待到繁华凋落尽,山孤影瘦寂无人。

其 四

化雪融冰春又来,拈花细嗅几多回。

香销梦断西楼月,检点余情入酒杯。

其 五

未退轻狂已白头,曾携一醉踏芳洲。
行吟挝鼓千秋恨,清泪浊涛相对流。

其 六

寻根故里见荒村,十有九家深闭门。
满地橘柑无主问,茕茕老幼守晨昏。

其 七

去年今日雪如毡,不意飘飞化纸钱。
片语未留乘鹤去,每思老父夜难眠。

其 八

诗卷霞觞信手拈,隔窗闲对雨纤纤。
书香世界人生酒,一枕清风苦后甜。

其 九

常怜弱柳仙姿袅,雨打风吹几折腰。

岁岁新抽丝缕缕，分明愁绪万千条。

2020-1-2—2020-1-6

见大学同窗校门前接双胞胎孙女照片感赋

蝶舞双双满眼春，一颦一笑写天真。
捧花女比花儿俏，爱煞门前白发人。

2020-1-8

庚子疫困已近两月，首次出门游城东公园，时值春分

一出樊笼畅我怀，城东争看百花开。
偷掀口罩春留影，四野芬芳扑鼻来。

2020-3-20

最美人间四月天 竹枝词辘轳三首

一

最美人间四月天,小楼一见一生缘。
攀墙越栅翻跟斗,不怕行人笑我癫。

二

春风骀荡百花鲜,最美人间四月天。
一辆婚车成盛典,三楼炸响送亲鞭。

三

三十二年回首看,长城万里比双肩。
大观园里千般景,最美人间四月天。

2020-4-14

晚　　景

薇紫蕉红荷满塘，夏风缕缕带微香。
岁华逐水无经意，白发轻车趁夕阳。

2020-7-9

见藤攀木有作

拱石钻泥强出苗，牵藤绊蔓竞妖娆。
莫嫌弱软身无骨，但附乔柯上碧霄。

2020-7-12

回乡偶书

断壁残垣破井台,田畴弥望尽蒿莱。
乡愁惟共荷花语,千百年来一样开。

2020-8-25

题雷礼金所摄齐安湖生态农庄组照

绿影流波云水乡,白墙青瓦彩檐廊。
一场秋雨秋风过,洗尽红尘洗肚肠。

2020-9-17

庚子秋雨中访三里畈苍葭冲

吴楚风流一脉存,古檐老树辨苔痕。
苍葭秋雨知人意,洗靓千年家学村。

2020-10-4

庚子秋访罗田拨云尖得偈语

曾立拨云尖上问,云开云合了无因。
菩提为塔心为手,身在云中已见真。

2020-10-6

紫春白茶写意 新韵

紫薇风韵玉龙心,春蕊秋芽碧露珍。
白水清泉千种味,茶烹日月静听琴。

2020-10-29

次韵段维《忝任湖北省中华诗词学会第七届理事会会长有寄》

楚韵荆风一脉传,表兮独立切云冠。
传承唐宋书新史,耿耿心如水在槃。

2020-11-4

附原玉：

屈宋风流千载传，斯时肃立仰衣冠。
何如燃臂供诗赋，敢许凤凰共涅槃。

古镇食府写意

古柳黄花楚汉风，镇兴业旺起盘龙。
食珍百味琅玕秀，府拥八方梅竹松。

2020-11-18

襄阳习家池怀思

凤凰山下古今楼，几度沧桑几度秋。
波鉴云龙天湛湛，风流岂止汉封侯。

2020-12-27

2021年

赞卫国戍边英雄团长祁发宝

岂容宵小扰国门,雪谷冰河铁血魂。
身后江山有我在,横天臂膀是昆仑。

2021-2-23

沙湖寻妻

黄昏何必叹途穷,且向沙湖趁好风。
知有伊人寻妙趣,正当红叶乱花中。

2021-3-29

辛丑年春末偕妻游黄陂清凉寨

清凉寨上半阴晴，红叶杜鹃偕晚樱。
绿水浮亭风淡淡，忽闻野鸭两三声。

2021-4-5

大悟红叶

红色老区红叶林，徐刘勋业世为钦。
何家冲到金鸡岭，烈酒清茶细细斟。

2021-4-19

悼袁隆平

一粒种子济苍生,小满惊心驾鹤行。
后世乘凉禾下梦,稻花香里说隆平。

2021-5-23

临屏即占写建国彦玲伉俪游江夏小朱湾

秋千古井竹篱笆,闲荡清风静看花。
一缕轻弹尘梦远,人间至味是农家。

2021-5-24

忆旧事悼章开沅老校长

当年只手挽危城，一语横天护犊情。
自有黉门司教诲，乌台何必问书生。

2021-5-28

辛丑夏至恩施访谒何功伟、刘惠馨烈士就义处及埋骨之地并叶挺将军被囚旧址

功伟心坚骨似钢，惠馨挺秀史流芳。
群峰耸峙如碑立，遥祭云台一炷香。

2021-5-30

段维拂尘园太空莲写意

出水凌波性本淳,浑圆淬炼得天真。
翩然一绽英山下,未见菩提已拂尘。

2021-6-26

应建国兄之约为建始玉华山庄写意

玉泉云树野风清,华厦雕楼落水坪。
山珍土菜老烧酒,庄苑宜春醉客情。

2021-7-20

咏崇阳绳武周家牡丹

绳武威名震迩遐,红娇紫艳忆芳华。
当时国色天香品,也种寻常百姓家。

2021-7-25

洪湖燕窝镇"新升隆"轮遇难烈士纪念碑感赋

碧血惊涛多少恨,一碑如剑指长空。
八十年后春来燕,江畔衔泥犹带红。

2021-9-11

辛丑仲秋陪九旬老母游孝感怡荷园

清风丽日木桥斜,千亩凌波翡翠遮。
无意春风无意夏,金秋静放满园花。

2021-9-28

用范诗银会长韵题《十四五时期中华诗词发展规划》

航图引领海天新,蹈浪扬帆启巨轮。
两个百年中国梦,梦圆岂可少诗人。

2021-10-11

说 冯 京

莫叹岩廊险象生,东坡颠踬马凉平。
高下方圆非与是,千秋论道说冯京。

2021-10-17

观戏羊视频咏羊

温性驯情洁白身,嚼枝啃草态天真。
不争不斗枉生角,跪乳知恩愧煞人。

2021-11-29

无语自粤临汉聚于武昌后巷把酒论诗拈韵得"间"字

身处山中不见山,围炉后巷醉参禅。
奇思妙想玲珑句,常在随心无意间。

2021-12-27

2022 年

题《诗情墨韵》台历二首

一

诗起田园牛带劲,情缘山水虎生风。

墨研岁月峥嵘处，韵入行藏浓淡中。

二

虎墨云笺鸥鹭随，花开花落且由之。
一年三百六十日，一页光阴一首诗。

2022-1-4

辛丑冬偕妻及丽华妹诣江夏槐山矶驳岸

古垒看江五百年，萧萧芦荻楚江天。
游人不解吾心事，此处沉过一只船。

2022-1-16

忆别离

梦越时空四十年,白云黄鹤两依然。
曾经送客潇湘去,望断烟花浪里船。

2022-1-25

壬寅立春日陪九旬岳父游宜昌沙河公园

当年秃岭乱泥汀,今日山清水也清。
九十老翁游兴起,推开轮椅杖筇行。

2022-2-4

龙抬头日做核酸检测有感

龙抬头处我抬头,一棒纤纤屡探喉。
旋转阴阳泾渭界,神州十亿是方舟。

2022-3-4

壬寅早春水果湖畔观柳

袅袅春风袅袅烟,百花顾盼任梅残。
多才最是丝丝柳,拂浪为诗水作笺。

2022-3-11

咏油菜花

一片痴情为稻粱，何劳骚客唱金黄。
花飞籽落魂销处，唯有千家万户香。

2022-3-17

北京冬奥会开幕感赋

五环光耀紫云腾，万国旌旗拥北京。
雪作琼瑶冰作玉，挥兵逐鹿为和平。

2022-5-1

夷　陵 竹枝词二首

一

常言中华天地大，难识中华大几多。
请上西陵峡口望，长江到此细如河。

二

摩崖抚石踏冰川，藻贝鱼虫化海田。
日移风动闲人过，已触时空亿万年。

2022-5-3

游洪湖万亩荷田

红花碧叶水连天，苇帐芦丛港汊湾。

当日潜藏游击队，如今出没采莲船。

2022-5-5

壬寅端午游宜昌滨江公园偶见荷池苞笔如簇感而赋之

快绿怡红五月天，小池寂寞乱花间。
琼田翠砚含情笔，静候南风写灿然。

2022-6-3

壬寅夏浓雾细雨中登大洪山

云笼雾锁雨蒙蒙，峻峭峥嵘混沌中。
何必晴空山满眼，胸怀丘壑自成峰。

2022-6-19

辽宁阜新海棠山观摩崖造像

海棠山上石皆佛,形貌依稀半蚀磨。
莫道菩提真自在,摧凌更比世间多。

2022-8-6

阜新海棠山得偈语笑答同窗

君问缘何似不老,轻描淡写是人生。
任他世界歪斜倒,在我心中自放平。

2022-8-7

壬寅盛夏访京山孙桥

紫薇摇曳稻秧青,花苑台中画里行。
骄阳晒亮诗名片,汗洒流泉唱濯缨。

2022-8-17

壬寅鄂州庾楼诗会得句

楚江流月衮龙浮,晋阁吟风潋滟秋。
忽见碧霄银燕影,诗余宴罢又登楼。

2022-9-10

嫦娥四号礼赞 联章

一

一梦千秋屈子问,嫦娥数度探蟾宫。
仙人玉桂寻常见,此去寻幽后殿中。

二

追梦飞天势若虹,鹊桥中继迥途通。
欲窥桂殿真容貌,绕月嫦娥顾盼中。

三

圆梦天河春正浓,幽冥秘邃现真容。
心牵故里传消息,玉兔撷珍行色匆。

2022-9-16

题图《携手白头》

一条小路一方林,携手同行冬复春。
五十年前初识处,荒原新绿小松筠。

2022-9-22

盆　　景

紫绿青红春意浓,栽培删剪作秋翁。
小盆难囿花神气,犹带田园山野风。

2022-9-22

2023 年

题 腊 梅 图

嫩黄点染雪冰容,领秀春前绛紫红。
俯首凝眸依地气,何曾仰面媚东风。

2023-1-6

悼著名语言学家邢福义老师

如山学问衡南北,若水襟怀泽后昆。
脚下有路自己走,语法登真第一门。

2023-2-7

贺"湖北诗词"公众号创建

极目楚天黄鹤楼,冰峰泻玉海东头。
春风又作江南笔,抹绿描红画九州。

2023-2-10

咏麻城邻味馄饨

玉人玉指玉玲珑,小店春来十里风。
留齿味浓朵颐后,回眸香沁酒窝中。

2023-4-2

癸卯春闰二月午后小步安陆五言陆色农庄

白兆山旁李白村,桃花碧水柳风匀。
等闲觅得诗仙趣,银杏惊春灿若金。

2023-4-7

偕妻沙湖观花即占

春暮沙湖犹有花,嗟其百日作生涯。
仰天匍地痴痴态,人笑衰翁恋物华。

2023-5-7

癸卯《一天一诗集》日历书成戏占

赶点加班白发时,春花秋月笑人痴。
一年三百六十页,扯下光阴留下诗。

2023-6-17

题神农架酱酒

灵泉玉粒出天工,香满华中第一峰。
酒酿春秋人酿寿,云旋雾醉看神农。

2023-6-29

女儿送青花瓷茶盏感而有作

白玉青花一斗斜,内文诗酒却斟茶。
女儿笑问其中意,我道眼睛迷了沙。

2023-7-25

保康尧治河村写意

尧天舜日当年事,治象阳明荆楚行。
河绿山青人得劲,美哉如酒是诗情。

2023-8-11

癸卯初秋乘老火车由武昌往阜阳偶感

高铁动车如电掣,流年抛掷小窗前。
绿皮普列偏如意,走进风光细细看。

2023-8-20

颖上尤家花园荷池断想

密林幽水隐豪强,宇殿方池淡淡香。
红藕不知人事改,年年趁夏自风光。

2023-8-22

赞沙洋县防卫所清扫工肖燕

橘黄马甲灿如霞,笤帚轻挥锦物华。
二十五年凭一扫,人间坦荡净无沙。

2023-8-31

忆旧事痛悼沈俊杰先生

甫编小辑墨犹新,何忍秋风祭故人。
月亮湾旁曾共醉,同怀涢水故园春。

2023-9-15

癸卯秋过古隆中

凌烟图画麒麟像,炀帝淫奢楚霸空。
一自武侯标格范,不从成败论英雄。

2023-10-11

癸卯秋偕妻游武昌江滩粤汉铁路公园

寻诗蹑景夕阳斜,碧水高秋或可赊。
旧站台摇狗尾草,老童心载绿皮车。

2023-10-28

步韵和学兄吴绪久梅诗

老梅吐蕊雪中诗,玉骨冰心天地知。
茫茫荒野一星火,胜却春来千万枝。

2023-11-28

附原玉:

一树梅花一树诗,冰消雪后欲谁知。
东风纵有情千万,怎任群芳妒朽枝。

癸卯冬日长缨诗社座谈拈韵得"缨"字

铿然亮剑擎长缨,翰墨同袍啸剑声。
铁骨柔肠家国志,魂牵八一续嘤鸣。

2023-12-23

2024 年

集句贺天门女子诗社三周年庆典

天正开初节,门前数树松。
女圭映东海,子有古人风。

2024-1-2

麻城汉唐古驿随想

西风古道竞驱驰,岂止东坡与牧之。
惜我来时千载后,无缘诣圣共谈诗。

2024-1-15

有感于汉口竹枝词申遗成功

楚声汉韵竹枝风,源溯巴山夷水东。

始肇茗园①歌汉口,申遗成就念徐公②。

【注】①叶调元,字鼎三,又名茗园,清代中期浙江余姚人。两度流寓汉口,著有《汉口竹枝词》一书。

②徐明庭,1927年生,黄陂蔡家榨姜徐家湾人。大学文化程度,武汉市文史研究馆终身馆员。编著有《汉口竹枝词校注》《武汉抗战史料选编》《黄鹤楼古楹联选注》《武汉风情》等,于武汉竹枝词研究方面卓有建树。

2024-2-6

竹枝词二首

其一　兔年岁末突遭极端气候

总怨暖冬烦死人,天公一怒起风云。

雹冰霰雪一齐下，冻坏兔年两个春。

其二　过马路闻老夫妇对话

地冻天寒要小心，一跤动骨又伤筋。
爹爹不听婆婆话，赔了药费又磨人。

2024-2-6

有感于一件缝有七十三个补丁的睡衣

不取汪洋水一壶，袈裟百衲近浮屠。
江山锦绣千秋后，五百元钱十万书。

2024-3-19

观宜昌西陵"诗颂屈原文润西陵"文艺会演

唐风宋雨润西陵,旋舞飞歌金玉声。
翁媪高吟屈子赋,娃娃娇语诵诗经。

2024-4-18

剥杜牧诗赞茶乡店垭

时逢谷雨雨纷纷,处处茶香醉客魂。
要问好茶何处有,保康店垭一百村。

2024-4-26

宜昌金刚山戏题

金刚一柱势摩天,连岳襟江占地盘。
笑我休闲如落草,小租客栈作江山。

2024-5-1

甲辰夏日至保康双峪乡

枫香坪上画如诗,古木鲜花映竹篱。
村媪自言八十九,见过老柳少年时。

2024-5-17

甲辰夏日暮宿南漳香水河景区七彩山庄

对面云山想象多,琼楼玉殿势嵯峨。
云间隐约神仙影,似欲偷窥香水河。

2024-5-20

五律

2016 年

咏　竹

　　丙申元宵将至,桂林君邀聚于武昌刘胖子酒家。席间依"那人却在灯火阑珊处"拈韵,以松、竹、梅为题,在座诸君各领任务。吾拈得"阑"字,归而凑成五律一首。

雪化冬未阑,笋芽争出尖。
迎风臻伟岸,沐雨秀柔纤。
烽火千旗纛,烟波一钓竿。
虚心成劲节,五色等闲看。

2016-2-21

叹孤鸟

同行栖桂棣,独尔觅无枝。
雨水侵寒翅,尘沙裹瘦肢。
有心图远翥,无日射长霓。
何若为鸡鸭,优游林与溪。

2016-2-22

我有一壶酒

我有一壶酒,足以慰风尘。
味解春秋梦,香缠爱恨身。
行藏皆适意,贵贱总销魂。
对月弄清影,乘舟归鹿门。

2016-3-8

我有一壶酒 五祖寺版

我有一壶酒,可以慰风尘。
二气归元始,三光化本真。
四时花下客,五祖寺中人。
慧眼开天地,悠悠赤子心。

2016-3-18

读《抱玉集》致龙腾

冰心常抱玉,浩气满春江。
缘结九宫桂,情留三楚芳。
风骚追李杜,翰墨比钟王[1]。
一曲精忠调[2],腾龙舞凤凰。

【注】①钟王,指汉末三国时期书法家钟繇和东晋大书法家王羲之。

②龙腾君每到歌厅,必引吭高歌《精忠报国》。

2016-4-28

咏　菊　步韵李菲

秋色意何如？霜英入眼舒。
蕊摇骚客梦，香袭美人裾。
青帝唱金甲，南山思敝庐。
荆门多秀丽，洁志本心初。

2016-11-10

附原玉：

烨烨百姿如，园中一望舒。
水边花弄影，云下客飘裾。
弃得烦嚣市，移来野趣庐。
志存高远洁，岁尽更明初。

2017年

忆旧游

夜饮长江酒,晨游淦水滨。
桂香浮绮梦,竹雾隐归人。
满目山河远,筱丛蜂蝶亲。
倾杯恣欢谑,醒醉总伤神。

2017-1-25

杏林感悟

三杯般若液,十日杏林家。
辟谷参盈缩,凌虚悟妙华。
豪情藏作酒,心事泡成茶。
花甲春伊始,朝霞复晚霞。

2017-2-11

咏苕三首

一

苕品出苕乡，苕充半岁粮。
苕蒸绵若酪，苕炸饴如糖。
苕酿白干酒，苕拉丝粉长。
苕呈千百态，苕韵聚苕帮。

二

苕有苕之德，苕曾济世荒。
苕尖为好菜，苕实充主粮。
苕贱入猪口，苕珍作妙方。
苕生沙土地，苕用百千强。

三

苕生大别山，苕不择良田。
苕不争贵贱，苕能耐熬煎。
苕无花艳丽，苕少蝶缠绵。

茗德人所敬，茗行自不言。

佐松兄鸭蛋圆词读后

浓情鸭蛋圆，含泪忆当年。
糯米清泉水，芝麻精细盐。
满锅翻沸处，百味品吟间。
阿母和阿姊，三生不了缘。

2017-2-12

东湖梅园行

碧水抱琼林，清风荡我襟。
闻梅空佛性，听雪净诗心。
邈也思千载，翛然过六旬。
拈花先一笑，拍掌复行吟。

2017-3-10

2018 年

次韵郑欣淼先生题东亭女子论坛

黄鹂鸣翠柳,大雅作春时。
汉竹金沙月,唐梅玉鹤诗。
圆融新旧韵,锤炼古今词。
风起东湖畔,花飞万树旗。

2018-3-7

附原玉:

东亭高论际,灼灼赏桃时。
荆楚扫眉子,晋秦名媛诗。
思摅新乐府,情寄竹枝词。
蓬勃方无已,吟坛一面旗。

楚家冲游汉上雅集拈得"相"字

梅同兰趣近,楚与汉交相。
月送潇湘子,春临云鹤乡。
倾杯金海岸,品茗伟鹏房。
莫道桑榆晚,诗心老愈狂。

2018-4-11

咏月季花

不屑窥风信,真情月月开。
争锋香桂刺,啸傲菊花台。
韵胜樱桃李,节同松竹梅。
春秋冬夏气,一样入襟怀。

2018-5-4

步韵和岭南邹国荣先生《酬武汉诸诗兄》

黄花馨爽节,云鹤喜迎宾。
高阁寻仙韵,琴台悟道遵。
依依湖畔柳,奕奕镜中人。
犹恨相逢晚,携游处处珍。

2018-10-13

附原玉:

方别巴渝地,又为荆楚宾。
至贤筵上举,在下愧中遵。
韵满汉阳树,玉成南粤人。
龟蛇识流水,黄鹤一楼珍。

重症监护室陪护老父思往事

当年罪莫名,含恨入榛荆。
思母千重泪,怜儿百里行。
铁肩担孝爱,赤足踏霜冰。
相守无眠夜,三更复五更。

2018-10-22

2019 年

咏兰并寄聆兰诗社

深谷无人处,幽幽王者香。
花娇云映月,叶素剑凝霜。

四季多迁变，寸心无短长。
不闻山外事，喧嚷斗群芳。

2019-2-28

有所思 <small>平仄双步王维《终南别业》</small>

耳顺将闻道，犹思戍九陲。
冰河常梦往，壮气几人知。
南海巡航处，东瀛吊鬼时。
焦心燎老叟，雪恨百年期。

2019-5-2

即席次韵佐松兄《己亥谷雨长春观雅集》

清风来谷雨，寻道入长春。

檐角观云远，墙边问草深。
客堂多雅士，诗赋净心尘。
一曲渔樵对，真声不在琴。

2019-5-5

附原玉：

布谷鸠声起，甘霖洗却春。
杨花随水杳，竹笋入云深。
幽径新留迹，青衿不染尘。
南风槛边至，袅袅入瑶琴。

步韵和听雪《汉口北文化交流会有感》

盘龙归滠水，诗海竞千帆。
翰墨辉金壁，烟霞灿玉函。
三烹知酽淡，一醉忘仙凡。
复入黄梅夏，飞花落半岩。

2019-6-24

附原玉：

尔雅高情并，征航挂一帆。
书香行正气，文道启朱函。
云集皆同好，世倾应不凡。
超然于物外，极目上龙岩。

2020 年

归 思 _{步张九龄韵}

圆缺夷陵月，江城解禁时。
迟迟暖冬雪，忽忽暮春思。
霾雾随风散，芝兰近水滋。
管他晴或雨，明日是归期。

2020-3-26

庚子立夏

空见百花老,匆匆夏令新。
嗟其三月疫,误我一年春。
去者无从惜,来之倍足珍。
推窗天远碧,絮舞正缤缤。

2020-5-5

庚子秋日应兆嵩会长之邀访黄陂红胜寨野草诗社华中研修院

木兰红胜寨,野草溢茶香。
云绕玲珑阁,人游锦绣庄。
探幽穿石阵,品韵步诗廊。
共话文昌事,秋山正艳阳。

2020-11-14

庚子初冬偕妻武大观银杏

珞珈冬瑟瑟,银杏独芳华。
碧瓦镶金钿,清风振玉笳。
纤纤形若扇,曳曳散如霞。
莫道无花看,枝枝叶叶花。

2020-12-1

2021 年

辛丑春夏之交陪岳父游东湖

春阑将入夏,追景借轻舆。
风好情尤畅,年高步且徐。

碧亭频照影，曲港笑观鱼。
闻报天将雨，归留两踟蹰。

2021-5-3

况味自吟

水果湖边宅，张家湾里居。
晨兴吟柳翠，夜静酌诗余。
客少杯常满，身闲心不虚。
白头休揽镜，任尔自萧疏。

2021-6-9

辛丑年清明祭父

上岗田间路，燕儿坟上风。
三番春草绿，几度夕阳红。
思接浮桥水，魂萦大别嵩。

遗踪何处觅？古道月明中。

2021-4-4

妻随机关离退休干部于英山避暑期间发来参加合唱排练照片感而赋之

清风凉大别，歌曲动山川。
壮岁初心在，遥襟逸兴遄。
行云诠筑梦，流水颂攻坚。
白日青峰外，彤霞灿若燃。

2021-7-27

联咏大别山分韵得"思"字

大别名天下，当年跃进时。
神龙腾泽潬，危局转生机。

五岭花红遍，三军血染之。
江山殊不易，留与后人思。

2021-9-21

平仄双步傲啸客《望月》

庾楼头上月，吾看醉中真。
影落秋江浅，云描老树新。
同怀诗酒客，异代古今人。
清誉何须钓，麟驹自绝尘。

2021-9-24

附原玉：

今宵谁待月？万里梦尤真。
延世云笺浅，磨基山色新。
一双孤傲客，两岸久离人。
八月乘槎钓，天河可洗尘。

辛丑年秋参加天门"双节"文化活动有记

荆楚名肴盛,西湖圣迹存。
茶经宗陆羽,蒸菜出天门。
诗赋琳琅玉,楼堂祖泽根。
何时重举酒,醉向石河村。

2021-10-6

2022 年

壬寅年前祭父

除日理坟草,抚碑思本元。

魂牵中馆驿,梦破上岗村。
百里日星转,双肩鸲鸹翻。
几多生死劫,寂寞立晨昏。

2022-3-27

壬寅春深时节诣潜江拖船埠

彳亍拖船埠,沉吟烈士碑。
野风鸣号角,苔石镂镰锤。
古寺当年血,长街劫后灰。
云空凭望眼,一任壮思飞。

2022-4-24

党的二十大召开感赋

南湖舟破曙,已彻九州红。
域外鸡虫事,寰中龙虎风。

云腾三镇上,鹤舞两江东。
桑变百年局,昆仑凉热同。

2022-10-16

2023 年

咸宁诗联学会换届有寄

春风拂淦水,雅韵动潜山。
诗赋千秋事,坛堂几度传。
泉由深处暖,云在乱时寒。
最爱晴明日,九宫看杜鹃。

2023-4-8

癸卯秋邀苕帮小聚于梅苑楚鲜生（原后巷）酒家

后巷鲜生楚，十年名未磨。
陈王平乐宴，书圣曲觞歌。
汉上春秋短，诗中故事多。
苕帮皆醉客，醉了又如何？

2023-9-3

荆州市川店诗乡创建诗词吟诵会观百名儿童齐诵及诗韵旗袍秀等

久闻车马阵，今至楚王村。
满目诗流玉，两江田涌金。

童声嫩秋色,古韵瘦腰身。
暮宿泥陶驿,烹茶对月吟。

2023-10-13

2024 年

癸卯冬诗乡"回头看"赤壁拈韵得"大"字有作 新韵

东风火破曹,赤壁名天下。
千载变沧桑,九州如绣画。
江南故事多,诗里乾坤大。
异日再登楼,金牌接续挂。

2024-1-21

七律

2015年

乙未年生日记事

浮生暗度自陶然,茶港①温馨菜几盘。
冷热稀稠真味道,酸甜苦辣入心田。
老妻夺酒嗔人醉,小女埋单笑我尖②。
相携归家乘夜月,春风一路扫轻寒。

【注】①茶港,指位于茶港的一家机关食堂。
②尖,湖北方言,意为小气、吝啬。

2015-3-11

贺韩军、江凤梅新婚

贺典堂皇星月明,韩风楚韵湘鄂情。

军营雨沐松伟岸,江汉波柔柳娉婷。
凤舞香桐呈瑞兆,梅开雪岭报春晴。
大千世界佳缘美,喜携麟儿凤女行。

2015-5-28

醉中感怀

早岁坊间浪得名,而今蹇困老江城。
书中未有黄金屋,醉里常吟陋室铭。
乐见金兰多顺达,忍悲朋侣几凋零。
翻身摘取墙头剑,舞罢癫狂泪雨倾。

2015-6-9

黄陂之春

翻云覆雨乍阴晴,柳乱桃零满小城。
水涨陂塘多钓客,风梳郊野有苍鹰。

晨询高阁门难进,夜入空楼梦未成。
不怪江南春不好,章章难盖少心情。

2015-6-15

乘东方航空班机自武汉至深圳转道香港

一啸乘风上碧霄,紫岚环绕暂逍遥。
人间暑热多蚊蚤,天宇悠扬一羽毛。
小憩恬然三峡雨,大鹏落处圳河潮。
欲寻舟楫香江渡,甫过灿鸿①犹浪高。

【注】①灿鸿,2015年第9号超强台风代号。

2015-7-21

蜗居感怀

柳残荷败渐秋凉,老困寒庐事渺茫。

候鸟凄凄环汉阙,行舟忽忽过清江。
心随物象感兴废,酒入肠囊杂苦香。
铁马金戈墙上剑,半生拼得鬓毛霜。

2015-8-21

哭 祖 武①

犹记初识翠柳西,三杯托幼拜良师。
亲传奥诀登门径,细植芙蕖灿筱溪。
文采飞扬心似月,方圆规制命如棋。
惊闻一夜邃然去,泪谢君恩悔已迟。

【注】①李祖武,湖北仙桃人,毕业于武汉大学,是我女儿进入武汉电视台工作时的老师,因患抑郁症英年早逝。

2015-11-19

2016 年

丙申年生日记怀

又是春风绿楚江,更添白发映残阳。
浮云幻影移苍狗,水月镜花空梦粱。
满桌佳肴劳厚意,三杯清酒洗愁肠。
女儿送我老崖柏,斑驳瘤疤历久香。

2016-2-28

邵逸夫赞

辗转南洋怀远志,百年霸业占鳌头。
身经香岛衰同盛,情系中华乐与忧。
银幕荧屏浮世绘,校园医院逸夫楼。
斯人已逝风流在,无字丰碑矗九州。

2016-6-5

即事有感和傲啸客

当年异域曾为使,未得苏卿节上旄。
少将高参凤凰辩,岳飞秦桧天日昭。
剖心毒誓出门撞,祸国衰音至楚销。
试看东南海疆事,敢言诒笑退魔妖?

2016-7-15

咏　胡　杨　折腰

大漠黄沙生古木,天涯独秀识无人。
龙形虎势嶙峋石,枯壁焦滩日月邻。
衰荣几度多情种,生死千年不朽身。
阅尽繁华孤志在,沧桑一梦笑逢春。

2016-8-25

步韵和继松兄《花甲自嘲》诗

象牙塔里度春秋,无锁无枷自在囚。
一日挂冠辞绣阙,五湖垂钓泛轻舟。
功由淡泊自然得,义植心田何用求。
花甲犹思年少事,文人尚武最风流。

2016-9-23

附原玉:

草叶初黄又逢秋,从兹不再作楚囚。
莫问沧海云帆志,但剩心湖荡扁舟。
热血也曾湿路径,平淡终归复何求。
纵有仙山形难觅,樽前月下亦风流。

赠友人刘新

左岸美邻好地方,诗书翰墨任行藏。

汉江买得鲜鱼美,川贵沽来窖酒黄。
偶有知交邀共醉,何须琴瑟伴疏狂。
筱筠滴翠风流在,一缕轻烟绕指香。

2016-11-13

2017 年

丁酉年正月初四游远安金家湾

冬雨寒风料峭春,金家湾里客如云。
泼金水墨丹霞色,刻石棋盘薜荔痕。
雪霰潇潇喧古木,炊烟袅袅绕新村。
高安楼上琳琅阙,沮水荆山共唱吟。

2017-1-31

花甲感赋 卷帘体

人生六十再回眸,襁褓垂髫已患忧。
父母含冤迁故里,祖孙茹苦度春秋。
浮桥①题柱冲天去,汉上飞花逐水流。
书剑蒙尘诗溅泪,天涯一望恨难收。

【注】①浮桥,我生长的地方有一条河,叫浮桥河。

卷 帘 一

人生六十再回眸,滚滚红尘一梦休。
莫向高楼望楚汉,半弯冷月两江愁。

卷 帘 二

襁褓垂髫已患忧,风高浪恶一叶舟。
忠良不向小人跪,骨肉分离多事秋。

卷 帘 三

父母含冤迁故里,养儿创业从零始。

拆屋读书传美名,五男二女同争气。

卷 帘 四

祖孙茹苦度春秋,一辆纺车朝暮抽。
拾穗衔泥劳孤燕,吃糠咽菜书不丢。

卷 帘 五

浮桥题柱冲天去,桂子山中寒又暑。
格物探幽万卷书,雄心欲种千山树。

卷 帘 六

汉上飞花逐水流,桂棠桃李俱悠悠。
五湖舟渺心如月,俯仰乾坤何所求?

卷 帘 七

书剑蒙尘诗溅泪,雕龙画虎心交瘁。
何时空了弃营营,一盏清茶闲品味。

卷 帘 八

天涯一望恨难收,剑气诗情赋白头。

更以衰躯难胜酒,焉能销我万斛愁。

2017-2-17

步韵和围炉夜话《退休吟》

夜披星月早闻鸡,饱历寒流并暑曦。
半世萦怀家国切,一朝解甲鬓毛稀。
青山不老诗豪放,夕照多情鸟唱啼。
自有天伦无限乐,何须鹤子与梅妻。

2017-3-8

附原玉:

不用闹钟只听鸡,蓬窗未启透晨曦。
车间远去油污净,会议无关饭局稀。
溪里水清鱼自乐,林中风爽鸟相啼。
儿孙各有安居所,傍晚山行挽老妻。

女儿出嫁写怀

满心欢喜几分愁,笑泪凝腮话哽喉。
廿年娇嗔身左右,一朝离别想春秋。
帆桅出港航程远,松竹参天雨雪稠。
舐犊之情言不尽,平安幸福水长流。

2017-4-18

2018 年

抗日战争胜利纪念日书愤

降幡落日芷江头,七十三年恨未休。
小岛倭酋犹拜鬼,神州族裔世同仇。

机声舰影东南海,武霸商欺非亚欧。
筑梦强军时不待,一弯冷月照卢沟。

2018-8-15

通山行临屏和傲啸客

诗情傲啸酒情狂,尽汲凤池盈玉觞。
五彩笔传千古韵,白头翁入少年场。
通羊河畔人潇洒,月亮湾中梦徜徉。
来日重逢云鹤舞,笑看牛斗醉参商。

2018-8-25

附原玉:

通山一战有余狂,四顾无人敢举觞。
今有重阳聚师弟,来寻夏口摆战场。
毫端气盛兼天涌,韵海杯宽三镇徉。
夜半鲸吞豪饮毕,翻江酒势漫参商。

戊戌年教师节有感

尘世朝霜寿几何？追星逐月复蹉跎。
宦商卅载回甘少，桃李十年欣慰多。
豪气满怀悲白发，小词数阕咏柔柯。
窗前有竹清清节，风雨来时伴我歌。

2018-9-10

次韵荆州廖国华《题古琴台钟俞石雕像》

古意高情着意雕，欲追贤圣水天遥。
月湖烟渺空闻曲，秋柳丝垂莫问樵。
错杂店家游客闹，喧嚣尘路玉骢骄。
凭栏纵目断琴处，霜冷桥横字未消。

2018-10-13

附原玉：

嶙峋不畏疾风雕，晤对江干岁月遥。
路为宦游知险恶，弦于旷野重渔樵。
音闻似水长流永，信誓如山别样骄。
太息坟前拼一摔，总疑回响未能消。

迎武汉旅美诗人鲁久光先生雅集拈韵得"涯"字

问君何事到天涯，一诺如山国与家。
沧海曾经无上善，初心依旧是中华。
梅园醉客云边酒，楚阁宜人普洱茶。
别意悠悠江汉路，金风万里不须嗟。

2018-11-4

记旅美华人鲁老鄂南之行

漂洋过海故人来,香桂多情几度开。
竹挺崇山诗入笔,月浮隽水酒盈杯。
异邦再好无心看,孤旅虽遥有伴陪。
览胜行吟思万仞,华章锦句任君裁。

2018-11-20

2019 年

步韵敬和白雉山老《八六初度自嘲》

一

岁月峥嵘何壮哉,松梅不畏雪云埋。

弘仁嫉恶世称善,绝韦捻须人笑呆。
八六华年强者路,寻常百姓楚之才。
湖山遍刻玲珑句,腐鼠鹓雏任意猜。

二

神超妙境醉韶年,棠棣金兰着意怜。
虚位小官居莫愠,凌云健笔秉其专。
常因野鹤闲鸥喜,不教苍藤翠木嫌。
吟就诗联堪佐酒,清风明月不花钱。

2019-3-4

附原玉:

齿添八六亦奇哉,九死犹生笑未埋。
多病多愁多浪漫,半聋半瞎半痴呆。
阎罗也解留歪句,人世还须有菲才。
月旦任他评论也,见仁见智不需猜!

又

糊里糊涂八六年,居诸坐废总堪怜。
少时书剑愁多误,老大诗文愧未专。
几卷薄书谁可赏?一腔傲骨鬼犹嫌。

我行我素怡然乐,管你文章值几钱!

爱女生日感赋

三十年前天使来,借钱入院待花开。
何求落雁沉鱼貌,敢比雕龙咏絮才。
锦绣文章随日出,理连棠棣倚云栽。
白头已醉天伦乐,尚忆垂髫小女乖。

2019-4-30

己亥盛夏英山纪行

炎夏凝冰出巧奇,无端获罪算嫌疑。
茶乡有局分真假,暗室无枷锁骏麒。
暂借凉风吹好梦,惟怜毒日烤娇妻。
出门尚觉时光早,顺访九龙泉瀑溪。

2019-7-29

贺《武汉诗词论坛精粹》印行

武治文昌民祚兴,汉风楚韵满江城。
诗崇李杜盛唐气,词法苏辛隆宋情。
论是论非忧乐志,坛中坛外鹭鸥盟。
精修历练耽佳句,粹美求新又一程。

2019-9-13

为水洲君病愈出院作

莫论鸿毛与泰山,问心无愧自心安。
曾栽桃李尽天职,更育麒麟堪象贤。
晨雾几番迷晓日,秋风一扫现晴川。
与君共饮同怀抱,省却药钱当酒钱。

2019-9-20

沈阳文政公莅汉雅集于汉口马一洒清真餐厅拈韵得"辞"字

雁归塞北总依依，折遍江南杨柳枝。
小店清真夸地道，故人淡静贵和宜。
聊凭月色追唐韵，醉听涛声唱楚辞。
更说辽东风景异，家藏好酒待良时。

2019-10-13

观武汉军运会开幕式感赋

不摆沙场摆赛场，风平浪静看长江。
鸣枪射箭非征战，拔寨争城佯武装。
铸剑为犁和合道，融冰化水大同光。
江城今夜祥云起，遥望中东火未央。

2019-10-18

贺恩施东方红中学邱素英老师八十华诞

啸雨吟风八十春,簧门懿德仰高岑。
修身桂苑梅兰志,授业恩施日月心。
两袖清风人淡雅,一支粉笔梦缤纷。
满园桃李化思雨,寸草春晖寄意真。

2019-11-1

2020 年

斗 瘟 神 步毛韵二首选一

其 二

神州有爱路千条,八面驰援尽舜尧。

帅立南山堪国士,兵辞细柳过云桥。
纷纷天使江城落,滚滚车轮楚地摇。
收拾毒魔除务净,雷神电劈火神烧。

2020-1-29

庚子年生日感吟

六十三年一梦空,轻描淡写也从容。
舟行举水无形力,鹤舞江楼得意风。
桃李芬芳春足赏,箱囊羞涩胜于穷。
静观万物惟诗酒,无欲无为淡亦雄。

2020-2-14

疫中蜗居杂咏步韵杜甫《秋兴八首》 选四

其 二

东湖寂寂夕阳斜,空忆新年竞物华。
绿道虚排灯火柱,清波不渡旅游槎。
园飘柳带拂桃李,馆卧编钟歇鼓笳。
何日好风清毒疫,重来画境看荷花。

其 三

疫困夷陵坐夕晖,隔窗遥对霭微微。
江桥高铁裹云去,禁苑昆鸡避犬飞。
储食常销常渐少,沽单屡约屡相违。
炊中数日无鱼肉,笑断荤腥类减肥。

其 六

遥望长江汉水头,春光变色似寒秋。

新冠病毒阴森气,古郡人民接续愁。
柳绿桃红思落雁,天高云淡羡飞鸥。
屏观抗疫驰援急,车轮滚滚动九州。

其 八

日观翠岭势逶迤,夜听惊涛过芍陂。
探询疫情凭电视,推敲瘦句写寒枝。
父漂三峡家难返,女守江城志不移。
试问乡关春几许,东湖已见柳丝垂。

2020-2-18—2020-2-19

武汉战疫步韵杜甫《返照》

旌旗猎猎战晨昏,平疫除妖扫毒痕。
兵赴疆场医舍命,城封里巷邑关村。
中西结合回天力,上下协同制胜门。
国有艰危脊梁在,神州处处见忠魂。

2020-2-19

步韵和泉名并祝康复

转阴一笑胜于晴,戚眷心安众友宁。
曾约雪朝同举酒,却惊杏室独悬瓶。
春逢雨润添娇媚,梅历冰封益洁馨。
无限风光待君品,休将妙笔赋伶仃。

2020-2-22

附原玉:

东风入幔琐窗晴,一纸报知天下宁。
连日自羞贪食饭,巡床医嘱罢悬瓶。
楚江尚禁可怜丽,春疠犹存未觉馨。
应许离人皆似我,归期已近暂伶仃。

寿刘南陔老师八十华诞

一花独步百花饶,紫盖横空独不朝。

诗赋荆门龙象妒,行藏珠海女儿骄。
曾栽桃李倾情护,广结知音以德招。
耄耋童颜忘日月,人生至乐在闻韶。

2020-5-3

寿杨世敬老师八十华诞

诗联文赋贵专通,拨鼎开炉九转功。
不羡绂朱环绶紫,独痴李白映桃红。
钩沉猎史碣碑古,撰水题山藻饰雄。
踏遍青山人未老,初心鹤发慷慨同。

2020-5-4

寿胡国栋老师八十华诞

为育英才鼓与呼,创新求法救根株。
时风入戏是非见,好雨当春教学愉。

尺木平章天下事，龙泉铸剑国中儒。
杖朝犹有缤纷梦，三叟登高尚挈壶。

2020-5-4

贺王旋、彭宜蔷喜结良缘

王昌宋玉何足夸，旋暖熏炉锦帐华。
彭蠡光风生玉树，宜昌山水毓琼花。
蔷薇灿灿吉祥意，秦瑟悠悠幸福家。
晋业同心圆好梦，喜迎麟凤乐无涯。

2020-10-5

遥寄荆门刘南陔先生

闻荆门市校园文学研究会主办的刘南陔《陔馀殿稿》赏析会在龙泉书院洗心堂举行，诗以贺之。

立马荆门一帅翁，陔馀三叠寄情衷。
须眉轻染昆仑雪，诗赋高吟荆楚风。
桃李芳菲其乐在，江山指点此心同。
龙泉论剑群贤至，细品春秋冶铸功。

2020-11-28

2021 年

步韵和铜人像《庚子冬夜小聚》

朝丝暮雪老春秋，鹤去云空江水流。
卅载浮生唯有梦，几杯老酒又登楼。
霞宫紫殿长春观，陌路红尘无限愁。
吟得度庐三百首①，七灾八难一帘收。

【注】①长春观信谷道长曾赠我《艄夫禅吟三百首》一册，其所居丹房名"度庐"。

2021-1-7

诗部·七律·135

附原玉：

掐指迢遥七十秋，长春道观说风流。
吟诗难举千钧笔，怀旧回望百丈楼。
烂醉无关伊力酒，痴心只为汉江愁。
泉名忆起新冠疫，几度魂伤泪不收。

辛丑生日感怀

弱冠风华汉上游，书香剑气一怀收。
曾吟屈赋怅三楚，更立云楼望九州。
叵耐痴情成旧梦，惟余白发惹新愁。
梨园翠柳黄鹂唱，闲看夕阳江水流。

2021-3-4

远安花林寺宴集为姨侄女王昕玥入武汉体育学院深造即席赋之

桂影花林鹿苑茶，千年鸣凤沐金霞。
贫穷帽掷重霄外，富贵花开百姓家。
嫘祖抽丝巡至道，三闾求索放于涯。
沧桑变局飞龙在，足踏昆仑览物华。

2021-8-28

鄂州庾楼怀古 江月连珠

楚江秋月晋时宫，月下烟云江上风。
对月临江吟赤壁，横江揽月诵圆通。
月明千古江山在，江涌三吴镜月空。
醉月酹江歌未竟，华灯映月一江红。

2021-9-15

即事感怀

分明狗肉挂羊头，枫叶星条故故羞。
旧梦痴心联八国，新松弱竹傲三秋。
天横北极驰银燕，月照岭南迎晚舟。
不是豺狼性本善，芸芸背后有神州。

2021-9-26

步韵清江野老并以寄之

一梦清江二十年，笑将白发对花惭。
依栏醉处腾洪殿，开卷怡然野老篇。
翁郁松梅含雪韵，琳琅珠玉缀冰弦。
知君惯看繁华事，食淡居闲心始安。

2021-10-16

附原玉：

　　无才占位已多年，常自思来幸又惭。
　　理会有缘交胜友，执刊任我诵佳篇。
　　欲求兼善难如意，唯续同声未断弦。
　　今看九峰吟事盛，老身退去亦心安。

贺黄冈诗词学会第五届大会召开

　　皇天后土鄂东山，冈壑江河毓圣贤。
　　诗出田园追孟浩，词从赤壁仰坡仙。
　　学通今古弘文地，会聚行藏种玉田。
　　召虎中兴旌帜奋，开新变局战犹酣。

2021-12-28

诗乡掠影步韵和阳新汤立久

　　西塞山前白鹭诗，东坡赤壁大江辞。

春湖有社文章盛,冬雪不寒翁媪嬉。
尧治古村姑嫂韵,漳源新港虎龙姿。
文昌一脉千秋事,逐日追星犹恐迟。

2021-12-31

2022 年

壬寅年生日自嘲

正月廿一晨起,妻便端上一碗鸡蛋长寿面。思及近年来人情世事之种种,感慨万端,遂凑一律以自嘲也。

昔年此日喧喧宴,何若娇妻煮面条。
搭背勾肩生死帖,销冰晞露若鸿毛。
陈王七步豆萁火,孙膑双膝棠棣刀。
耳顺未谙尘世道,满头白发看琼瑶。

2022-2-21

步韵和林峰会长《北京冬残奥会礼赞》

天地之间立此身,璧瑕何碍梦缤纷。
独行曾踏千山雪,只手能拿五彩云。
银板穿梭鹰亮翅,冰壶旋转玉留痕。
五环旗下群星灿,歌动燕京又一春。

2022-5-2

附原玉:

障残岂是等闲身,来看幽燕雪郁纷。
风起高山明彩练,气蒸旷野壮流云。
征轮飞动龙蛇影,银板划出虎豹痕。
夺锦灯红城不夜,再扶好梦报青春。

阜新宝地斯帕温泉有作

千里腾云看阜新,瑶池宝地洗红尘。
拂波雪玉縠千褶,闭目华清梦几巡。
出浴轻松身似燕,推窗绿翠夏如春。
田园诗写振兴事,来会辽西厚道人。

2022-7-29

时事有感步毛诗原韵

太平洋上旱天雷,美利坚生白骨堆。
搔首弄姿难掩丑,鼓唇摇舌欲兴灾。
倒行必惹千年臭,大道当清万里埃。
小岛忽围六龙阵,只缘妖孽窜台来。

2022-8-3

戏说高压锅

貌不惊人矮胖痴,烟燎火烤任由之。
酸甜苦辣煎熬后,软硬方圆焖炖时。
愤懑盈腔情沸沸,唏嘘小孔叫吱吱。
琳琅美馔掀开看,釜里乾坤哪个知?

2022-8-18

西藏那曲气象人礼赞

扎根雪域唱风流,掌裂唇乌战未休。
海拔难高人境界,冰圈不遏志清遒。
勘明气象阴晴定,识破天机仙鬼愁。
曾读岑参镗鞳句,昆仑立马望神州。

2022-9-12

悼华中师大丁成泉老师

梭罗情暖遍松筠,桂子温馨教谕谆。
风骨峥嵘惊李杜,生涯跌宕叹苏辛。
拨弦撚玉挠心痒,品宋吟唐入味真。
犹恨当年聆问少,大师一去莫追尘。

2022-11-2

2023 年

痛悼向进青老会长

三十年前已识君,重逢翠柳语殷殷。
心倾科普为强国,情注诗坛赋采芹。

秉德无私人厚道,弘文有志梦缤纷。
忽惊挽幛飘如雪,泪泣悲风不忍闻。

2023-1-14

挽湖北省中华诗词学会副会长、鹰台诗社社长姚争杰君

江城一夜雪茫茫,又祭鹰台折栋梁。
梅岭东湖皆寂寞,黄鹂翠柳自凋伤。
行藏不碍青云志,天地空留遗恨长。
犹忆辽东曾咏鹤,重逢何忍竟焚香。

2023-1-16

壬寅除夕感怀

子鼠丑牛寅虎闹,三年日月不寻常。

青山绿水新开局,黑海欧洲老战场。
邪祟加冠戕世界,亢龙有道燮阴阳。
梅边举酒潇潇雪,此际东君正主张。

2023-1-21

癸卯年生日记事

半生颠踬自嗟呀,犹置丰筵恋物华。
感世伤怀将老叟,欢歌笑语后生娃。
寻常饭菜寻常酒,一簇蛋糕一簇花。
六十六年平淡过,无眠入夜想爹妈。

2023-2-11

步韵奉和武昌长春观信谷道长 《癸卯谷雨雅集》

雨浥清香岁岁心,长春观外几浮沉。

度庐拈韵画棠棣，瑶阁抚弦弹古今。
绿瘦红稀天有病，街空巷冷道曾禁。
欣闻信谷玲珑玉，云水禅音细细吟。

2023-4-29

附原玉：

又逢谷雨抚诗心，天气阴阴春气沉。
似不艰关怜往昔，却非容易到如今。
聚多断续事难预，人异死生情未禁。
感谢诸君来赏脸，尚能一席允讴吟。

贺蕲春县诗词学会第二届会员代表大会召开

齐阳盛誉鄂之东，四宝驰名教席鸿。
学问宏通说黄侃，生涯蹇顿叹胡风。
仙台龙谷千秋月，舞榭吟坛七彩虹。
行遍蕲都春不老，诗香更比艾香浓。

2023-5-26

步韵少林兄宴别谢先生酒家

蛇山之麓楚江西,玉液琼光映眼迷。
一别千里望云水,重逢何日弹雪泥。
有孙骑颈甘为马,无事压头休听鸡。
且待归来人照旧,先行酒令再拈题。

2023-9-5

附原玉:

今坐南楼昨走西,纯真难舍老痴迷。
衷肠尽涤江河水,短褐仍沾步履泥。
惜岁当求千里马,感时还唱五更鸡。
可怜腰膝惟端正,卷面虚留待命题。

癸卯秋中馆驿同窗赴鄂州同贺张同学佳儿新婚并游梁子湖纪行

凤凰呈瑞意流连，舟泛樊湖浪上烟。
寻酒食街嫌蟹瘦，追风渡口诉情绵。
霜头皱面悲今日，金畈文昌忆昔年。
相约中秋同望月，先留影像碧波间。

2023-9-9

贺鄂州市诗词学会第四次会员代表大会召开次韵何中桥

春水郎亭望眼开，雪销云翳净纤埃。
武昌门上迎新月，得胜洲前起凤台。
汉韵唐音惟鄂盛，青山绿水任君裁。
庾楼吟赏当年事，今世风流我辈来。

2023-12-25

甲辰春节杂咏

正道沧桑变局生,寰球凉热两分明。
硝烟几处妖魑影,风景这边龙马行。
清水塘前朝圣队,北京站上报钟声。
严冬犹有花枝俏,横曳冰天作剑鸣。

2024-2-18

2024 年

癸卯岁末立春日遭遇五十年未见之异常气候感而赋之

江城四纪嫌冬暖,未料天倾雪霰雹。

冰范腊梅残琥珀,雪封万木碎琼瑶。
横柯阻断上班族,冻道滞凝归省潮。
幸有东君忠信节,立春过后是昭昭。

2024-2-4

甲辰春节杂咏

正道沧桑变局生,寰球凉热两分明。
硝烟几处妖魑影,风景这边龙马行。
清水塘前朝圣队,北京站上报钟声。
严冬犹有花枝俏,横曳冰天作剑鸣。

2024-2-18

甲辰生日自题

回首浮生竟粲然,行藏得失性之端。
洪山懒逐春风马,翠柳偶吟秋雨蝉。

腰硬难为频俯仰,心轻自得小悠闲。
今宵饮罢三杯酒,一醉逍遥梦日边。

2024-3-1

清明节后宜昌众亲于夷陵黄柏河湿地公园踏青野炊

清明雨霁备行囊,湿地寻幽携酒觞。
绿甸经时泥陷足,芦丛过处露沾裳。
轻歌韵逐溪流皱,小句吟来野草香。
凫雁惊飞云上去,啼声滴溜落春江。

2024-4-6

步韵和刘庆霖会长《赴赣参加新田园诗研讨会有咏》

赣水苍茫帝阁痕,田园气象入眸新。

堂前众读天才赋,江上鸥翻自在身。
山谷千秋灯与酒,匡庐五柳鸟停云。
追风赶雨八方客,俱是诗乡探路人。

2024-4-10

附原玉:

不向南都觅旧痕,战旗风展大江新。
偶登高阁乍抬眼,恰在春天未转身。
看水悄悄清洗水,等云远远找回云。
落霞孤鹜寻常有,谁是千年一遇人。

步韵和武昌长春观信谷道长《甲辰谷雨雅集》

月色今宵似往年,星驰雾列正堪怜。
故人零落清风苦,新曲绞缠丝雨湮。
逵道尘封千乘滞,度庐帘动一灯悬。
穿江曾向龟山北,尺八声声入柳烟。

2024-4-21

附原玉：

异常气候已多年，绿浅红迷俱可怜。
世事纷庞身影杂，人情寥落俗氛湮。
嚚嚚淫艳连天热，寂寂灯光彻夜悬。
今此邀逢相聚后，芳春离去剩轻烟。

麻城诗词学会盛会有寄

麻溪河畔看新枝，万紫千红事可期。
水泻龙池风浩荡，云横柏塔月矜持。
阎公雅量滕王序，苏子虚怀菊落诗。
惟楚有才鄂东盛，神光熠熠动旌旗。

2024-4-27

古风

2016 年

秋　情

　　古塔秋云绕，清波摇落照。渔歌听有无，寺磬参玄妙。试问苦心求，何如随意钓？闲情烹小鲜，一醉蓬莱渺。

2016-8-30

2019 年

祭　父　文

　　呜呼我父，遽然而去。如山之崩，如树之枯。族裔同悲,子孙同哭。寿八十九,当属有福。然其一生,风风雨雨。跌宕起伏,历历难诉。美哉我父,幼自杰出。两房一脉,掌上之珠。聪颖睿智,异禀天赋。博闻强识,五经四书。养性修能,仪态容与。敦情厚义,终生不渝。壮哉我父,初展宏图。成家立业,经营有术。光大门楣,商界翘楚。时逢建国,欢欣鼓舞。公私合营,带头参与。政府嘉彰,同行称许。人大代表,拔萃独步。坐主席台,县长相如。大会发言,各界赞誉。商业才干,游刃有余。业绩上佳,思想进步。百货书店,每有创树。私商人员,擢转干部。运势煌煌,前程如炬。悲哉我父,含冤受屈。遭人暗算,顿失坦途。我父刚烈,拍案而去。携妻将雏,还归故土。忍痛而别,老父老母。尚留一子,聊伴孤独。从此天涯,左遮右护。黄陂麻城,来回往复。上念父母,下怜幼孤。披星戴月,百里徒步。二十余载,月月不误。一两块钱,几升米谷。春夏秋冬,风霜雪雨。父身何劳!父心何苦!伟哉我父,铮铮铁骨。不畏豪强,不低头颅。挥别商街,面朝黄土。白手起家,顶门立户。犁田打耙,栽秧割谷。商业才俊,半个农夫。可怜我父!可叹我父!我父我母,含辛茹苦。倾尽心血,五男二女。吃糠咽菜,拆屋读书。振兴门庭,矢志不渝。苦尽甘来,探骊得珠。冤案昭雪,眉展心舒。月领工资,退休待遇。儿女长成,各有建树。四世同堂,春风和煦。其乐融融!其福郁郁!可叹我父,罹患疾痼。腊月初十,匆匆而去。弥留之际,些些眷顾。老大烟戒,老二酒除;老三再起,老四积余;幺儿创业,二女家睦。孙儿孙女,尚待婚育。也责顽子,又夸媳妇。点点滴滴，言之未足。苍天何恨，有目无珠！吝于时日，薄于我父。今当永诀，其心凄楚。人间留情，天堂有路。泪送我父，驾鹤西去。感恩我父，千言万语。永怀我父，音容永驻。

伏维尚飨。

2019-1-17

情韵百里荒

夷陵百里荒，今日好风光。雾缈峰岚翠，风清草木香。栈桥云上杳，曲径谷中藏。闻说山楂树，引来游客忙。台前争照影，树下话沧桑。携手崎岖道，凝眸松竹苍。同行云鹤子，各领桂兰芳。回首经行处，情怀自徜徉。

2019-7-20

2020 年

庚子秋双节游罗田掠影

大别山千里,天堂览秋色。流云过玉屏,古塔忽明灭。登高欲拨云,云外天水接。直向天水间,飞舟浪如雪。暮宿风入松,晨起鹧惊雀。踏迹冰臼群,访贤苍葭曳。泉榭频举觞,共醉两佳节。

2020-10-8

母亲节悼岳母

非我亲生母,待我如亲生。三十二年事,历历是情深。忆昔初登门,一语暖婿心。只要女遂意,不嫌瘦与贫。闻道亲家苦,家大尚缺粮。麻袋送稻米,千里解饥荒。犹忆嫁女时,三镇忙购物。家电又家具,倾囊不计数。随行有司机,瞠目说羡慕。以为是亲娘,未料是岳母。岳母多慈爱，尤怜外孙女。农场居数月，精心细照护。西瓜漉汁喂，苹果刮泥哺。偶感风寒咳，川贝和梨煮。孙女身体好，奶奶打基础。岳母本医者，儿科尤专长。慈怀付家亲，仁德播四方。幼别三江水，求学在武昌。从医四十载，韶华献农场。晚年虽退休，未曾得清悠。庭院成诊室，病者上门求。一方解疑症，粒药消病愁。至今危医生，人人念心头。辛劳几十年，少有得清闲。唯记广西旅，涠洲岛上天。海滩捡贝壳，排档尝海鲜。尽享天伦乐，海风拂笑颜。可叹欢愉短，转年罹疾患。腿病身难起，行动靠轮椅。岳母性刚毅，起居强自理。努力加餐饭，洁身勤梳洗。总说我还行，儿女少拖累。孰知事难料，病身又染疾。阿尔茨海默，健忘加猜忌。亲人面不识，远近事失忆。喜怒或无常，清醒悔不已。此病实怪疴，越亲骂越多。最亲骂岳父，又责大小哥。女儿也责骂，唯独不骂我。知我是女婿，言语多斟酌。念此恻隐情，不禁泪滂沱。岳母待我好，此生难为报。尤悔病重时，榻前少尽孝。家业少有成，错失添烦恼。岳母邃然去，遗恨知多少！未曾留一言，一去人杳杳。今逢母亲节，念母鹃啼血。晨起阴欲雨，见妻泪凄切。感妻思母泪，吾心亦怆然。心有无限意，拙笔难尽言。

2020-5-10

庚子冬日偕友访鹿门山次韵孟浩然《登鹿门山怀古》

　　襄汉滚滚来,苍霭裹峰岘。鹿门何处寻?东南遥可辨。轻车分烟岚,山色忽深浅。旋见苏岭坊,恍惚时空转。千年浩然居,流连不知返。池畔腊梅黄,池中石有藓。后山孤墓碑,人迹罕踏践。诗幢吊者言,吟之追思远。梦鹿知何时,桂柏交偃蹇。临别古寺钟,僧立斜晖晚。

2020-12-28

2021 年

牛年咏牛分韵得"饮"字

　　每作丑年吟,造化臻神品。春早冰泥耕,寒刀筋骨沁。

夏作日炎炎，热汗皮毛浸。秋驮座座山，稻粱实仓廪。四季无闲时，天下足丰稔。食之惟草禾，安之茅棚寝。生时尽劬劳，死时犹庇荫。皮毛资衣履，骨肉供烹饪。念此常唏嘘，辗转肘为枕。欲语世中人，冷暖自斟饮。

2021-1-28

贺熊君政春七十华诞

青山人不老，心静胜于仙。幕府房陵影，生息山水颜。诗赋春秋酿，书画岁月煎。几番松傲雪，二度梅醉笺。宝通百瑞景，东湖夜听泉。

2021-10-27

贺中华诗词学会乡村诗词工作委员会在湖北成立集句步韵范诗银会长

璇台冠昆岭,云煦江上花。棹月情已醉,春山半是茶。田园引流水,厚地植桑麻。楚岸收新雨,流旌拂飞霞。荷香带风远,传咏正而葩。

2021-12-15

附原玉:

遣山作秦岭,天台种菊花。襄阳期一醉,屏上共清茶。乡音落碧水,村紫生青麻。双肩诗若雨,两袖韵如霞。心初和梦远,秋实与春葩。

2022 年

壬寅夏安陆白兆山骋怀
次李白《江上吟》韵

  当年蜀水送行舟,明月徘徊碧山头。千杯不醉思乡酒,十年云梦任淹留。江楼搁笔不吟鹤,湖海临泛影如鸥。清啸剑气冲牛斗,诗赋琳琅叠嵩丘。谪仙一去千年后,独留楚客谈瀛洲。白兆山上峨像在,飞觞溅泪仰风流。

2022-10-21

词 部

小令

2015 年

浣溪沙·闲趣 射谜格

吾本蓬莱避彀人,曾邀松月共知音。朝朝夕夕看闲云。
琴瑟两张长断线,米颠旭放醉中寻。风流步止叹无痕。

2015-3-25

浣溪沙·春思 射谜格

春草萌萌雪化寒,怒江成碧又心牵。缤纷桃李上如烟。
无奈明楼悲落日,口含珠贝坐幽园。琵琶一曲诉缠绵。

2015-4-21

浣溪沙·山居 射谜格

家筑山林豕突欢,一方老井四方园。小河流水日潺湲。
舌有馨香文锦绣,口含玉贝目流连。悠闲所在品悠闲。

2015-8-19

行香子·和有无斋兄

天地无声,岁月无形。笑春秋、褒贬输赢。匆匆过客,总总虚名。看民之冢,官之墓,帝之陵。

寻常百姓,淡泊人生。求个甚?坦荡安宁。高堂闲话,妻女闹腾。品手中诗,杯中酒,世中情。

2015-11-11

附原玉:

梦里无声,梦醒忘形。问人生、哪有输赢?缘何逐利?为甚沽名?笑守财奴,买官吏,苟营氓。

暖席凉簟,简饭粗羹。乐安宁、月朗风清。白云做伴,松竹为邻。赏汉时风,唐时韵,宋时情。

苏幕遮·忆知青岁月

采莲船,筛子舞。大别山中,石岗弯弯路。锦瑟华年甜带苦。草铺泥墙,今日犹存否?

战三秋,修水库。赤足蹚冰,同唱忠心曲。一别经年春几度。何日重逢,共把衷情诉。

2015-11-15

临江仙·廉政

廉政何容腐败,纠风须得较真。严规铁律整乾坤。为民擒老虎,为国扫蝇蚊。

　　数载已收成效,八规深得民心。弘扬宗旨政风淳。同圆中国梦,百姓享福音。

2015-11-20

2016 年

临江仙·崇阳古堰湾写意

　　泻玉堆银流翡翠,蓝田古堰生烟。冰心洁境几千年。飞云空照影,楚楚惹人怜。

　　幸有俊才佳丽至,多情吟咏诗篇。人灵物秀共翩然。临风舒醉袖,举足濯清泉。

2016-4-20

苏幕遮·同窗京华雅聚

　　丙申初夏,因事至京。大学同窗余汉林设席并邀龙凌云、徐起、汪鹤林、曾艳兵诸位老同学聚于西翠路大宅门酒店。

　　夏云轻,峰峦翠。铁翼多情,送我京城会。十五年前一别泪。对景思人,更觉相逢贵。
　　世沧桑,情妩媚。四载同窗,四载梅兰桂。高下浮沉何所谓!明日西东,当忆今宵醉。

2016-5-7

踏莎行·陕中战役祭

　　泾渭横流,陕中激战,枪林弹雨硝烟漫。红旗浸血插城头,三百英魂星光灿。
　　六十七年,江山已换,中华崛起宏图现。缅怀先烈壮军威,群山怒举轩辕剑。

2016-5-28

鹧鸪天·武昌江滩月亮湾海棠公园掠影

仲夏风轻月亮湾,绿丛杏径海棠园。兰蕉铁树薰衣皁,游人恋侣美江滩。

球场闹,乒台喧,爬杆踢毽摆棋盘。手机自拍娇娇女,老汉驮孙笑态憨。

2016-6-7

鹧鸪天·江城楼兰美食

塞外风情入楚乡,玲珑阁肆市中藏。炊烟飘出龟兹曲,达卜弦琴挂满墙。

羊排美,奶茶香,手抓炒饭啃酥馕。楼兰大漠天山雪,箸上樽前细品尝。

2016-7-9

浣溪沙·配镜

　　人到高年两目花,眼前万物尽蒙纱。挥之不去似烟霞。借对玻璃观世相,追回几许好年华。增光有限乐无涯。

2016-10-5

卜算子·红叶

　　又见树飞霞,又送秋光老。不见当年赏叶人,空有香阶悄。
　　极目望潇湘,望断潇湘道。遥想纷纷坠雨碑,零落谁来扫?

2016-10-20

浣溪沙·题图《红叶》
步韵和雨雁悠扬

莫道霜秋景不佳,满山红叶胜春花。金辉万道入林斜。
醉听秋声如饮酒,闲玩泉响若烹茶。神游唐宋咀英华。

2016-10-23

附原玉:

云彩嫣然溪浸佳,眉边风动起芦花。落红照水夕阳斜。
掬段秋光裁锦绣,捧颗柔软弄闲茶。香枫佐遍敛菁华。

2017 年

临江仙·病榻徒羡雅集戏和段维教授等

  荆汉苕帮雅聚,猴年盼到鸡年。梅园一醉赛神仙。贪杯身早病,卧榻药为丹。
  玉罐银瓶高挂,盐糖钙镁循环。盘桓辗转杏林间。酒香凭网嗅,口水隔空咽。

2017-2-6

附段维原玉：

  闻道吟兄招饮,阴谋辟谷三天。绝非乘梦化神仙。菜帮青白玉,酱豆紫金丹。
  地铁穿行如蟒,再弯公汽为环。脚尖犁地是人间。衔杯时未遂,沾饼作狼咽。

鹧鸪天·读农民工赤身扛包手牵幼童口衔香烟图

赤足光身头顶天,千斤重担在双肩。高阶硬石崎岖路,逐日追星大步前。

扛岁月,洒悲欢,如花希望手中牵。口衔一缕香云醉,梦似烟霞人似仙。

2017-3-4

临江仙·戏说手机

方寸之身魔力大,夫妻难比情深。统收少老女男心。声光盈耳目,岁月任浮沉。

日起刷屏连日暮,有音刷到无音。一天充电几多寻。网中淘宝贝,指上划光阴。

2017-3-2

四和香·中秋

　　艳杏夭桃春乍泄,暗绾丁香结。一曲传情情切切,烟雨幻,云山隔。

　　几度星光帘半曳,几度惊鸿瞥。雁字回时芳信歇,枉过了,中秋月。

2017-10-10

2018 年

思佳客·丁酉除夜

　　一曲新词送岁华,丝丝白发织生涯。浮生跌宕邯郸梦,时势游移水月花。

三尺剑，五湖槎，童心老眼幻烟霞。此宵乘醉待春晚，几句清诗泡老茶。

2018-2-15

卜算子·为妻五十五岁生日作

灵犬戊戌春，喜雨财神闹。笑语金龙景苑中，桃李枝头俏。

五十五年前，天使遂心到。转瞬慈严白发时，待我拳拳孝。

2018-2-20

鹊桥仙·戊戌自寿次韵刘辰翁

多情岁月，喧嚣尘路，六十一年虚度。双湖桥上暗咨嗟，有太白、鹰台如古。

黛山帆影，晓风晨露，犹记凌波信步。人生何处是桃源？笑梦里、杏花春雨。

2018-3-8

采桑子·东湖十首次韵欧阳修

其一　东湖绿道

　　轻车漫兴东湖好，绿道逶迤。杉影长堤，蝶舞花丛翁媪随。
　　春风一路欢声闹，云转山移。雁落涟漪，雪羽翩翩掠浪飞。

其二　东湖樱园

　　樱花烂漫东湖好，万树娟妍。车拥人喧，日暖香薰天湛然。
　　弃车信步寻幽处，似醉如仙。水畔林间，暗诵芳英赋管弦。

其三　东湖泛舟

縠纹雾棹东湖好，酒醉冰弦。钟乐轻传，波枕台城对月眠。

卅年一觉江城梦，梦里烹鲜。跌宕流连，忽见飞星过碧天。

其四　东湖磨山

磨山叠翠东湖好，柳舞枫红。天水空蒙，四季从容花信风。

朱碑耸峙英雄气，横绝时空。日映亭栊，如画江山一望中。

其五　东湖寻梅

寻梅踏雪东湖好，渐入春时。岁月难追，融雪烹茶醉玉卮。

流连梅岭凝眸处，老树金晖。云凛风微，心向江楼伴鹤飞。

其六　听涛

听涛醉看东湖好，水木清华。野老仙家，白石箫舟杜牧车。

长天楼畔竹杉柳,鸟唱人哗。日影桥斜,鸥鹭穿波戏浪花。

其七　东湖观荷

红荷碧叶东湖好,嘉景良时。画舸飘旗,八面游人次第随。

娇秾美艳留心苦,擎举如卮。云淡烟微,收拾闲情带醉归。

其八　东湖吹笛

梅边吹笛东湖好,酒美鱼鲜。鹭立鸥眠,竹籁涛风似管弦。

马鞍山上云岩寺,纵目琼田。笑破金鸾,无欲无机自在仙。

其九　东湖行吟

行吟泽畔东湖好,荷沼兰汀。怒浪难平,每诵离骚涕泗横。

泱泱云梦沧桑道,不息生生。天远香清,相忘江湖醉复醒。

其十　东湖放鹰

　　放鹰台下东湖好,日月旋轮。振翅穿云,拍落残秋冬复春。
　　飞梅玉笛吹黄鹤,思国思民。盛世维新,一越千年慰故人。

2018-4-30——2018-5-9

鹧鸪天·戊戌端午节前游英山四季花海

　　大别逶迤缀白莲,花开四季美英山。美山美水美情韵,花海花林花乐园。
　　杜鹃岭,九龙湾,梦入桃源不羡仙。千年屈子神游此,一扫离骚唱楚天。

2018-6-17

鹧鸪天·守护

旷宇空楼阵阵寒,无言静候痛心肝。隔窗几度除房颤,老父几回生死间。

八十九,一生难,为儿为女几曾闲?昏迷乍醒频频望,几个亲人在外边?

2018-9-23

临江仙·华师二附中1983级3班毕业35周年昆山雅聚感赋

四十年前初识,四十年后重逢。依稀犹记旧时容。生涯相聚少,岁月酿情浓。

今日动车何处?鹿城烟雨朦胧。蟹黄酒暖太湖风。吴山摇碧月,楚客闹寒冬。

2018-11-16

踏莎行·戊戌昆山闻学生言旧事次毛滂原韵

　　甪直周庄,清波荡漾,初冬却似春模样。当年桃李已成林,经风沐雨同依傍。
　　湖蟹肥黄,茅台佳酿,幽情悄露歌声上。曾寻桂子晚无花,满山落叶空相向。

2018-12-10

2019 年

少年游·己亥初一拜年思父

　　年年今日,儿孙齐拜,老父笑如花。今年春至,门楣戴雪，哀思漫无涯。

　　举水木兰迢迢路，几度踏风沙。犹忆床前叮遗愿，平生事、梦追霞。

2019-2-5

望　江　南

　　东湖好，柳影绿波摇。兰草香幽云梦泽，梅花蕊缀玉龙腰，杉挺竹萧萧。

　　春正好，春水涨虹桥。春慰吾心风骀荡，风吹碧浪动兰桡，极目楚天高。

2019-3-5

蝶恋花·蝴蝶兰

　　姹紫嫣红和梦驻，心比天高，欲共霓霞舞。无奈栖迟容渐素，非花非蝶徒思慕。

痴看飞星云汉渡，织女牛郎，几度呢喃语。梦醒时分犹自顾，凝眸晓月相从汝。

2019-3-13

浣溪沙·江城雅聚

文政、月明二公莅汉，有傲啸客设席，与茗帮雅集于武昌八一路麦加餐厅。席间拈韵得"官"字，遂赋之。

辽海春风荡楚天，月明绮宴醉华颠。论文议政慕先贤。北阙调羹偏爱酒，南山种豆不当官。五湖闲棹水云宽。

2019-4-8

浣溪沙·宜昌运河公园掠影

轮椅轻车看景来，运河穿市锦屏开。千花万树畔河栽。

巧布电都生态局,亭台阁榭路桥陔。休闲游乐逸情怀。

2019-5-3

西 江 月 限以"胡"入韵

莫道宝痴黛瘦,漫讥艾吃飞胡。柔情剑气两空如,月冷西厢南浦。

记得兰窗夜雨,难留残梦萧疏。何分醒醉向归途,总是齿香心苦。

2019-5-27

临江仙·雅聚拈韵得"人"字

梅苑熏风江汉道,轻车漫卷红尘。相逢一笑夏如春。诗朋携酒侣,奇石曳修筠。

共话浮生千场梦,如今淡月闲云。尊前谈笑莫辞频。

明朝邀再饮,依旧座中人。

2019-7-18

忆江南·国庆三章

一

中国立,日出满天霞。狮醒龙吟惊四海,天翻地覆浪淘沙。站起大中华。

二

中国富,富了国和家。改革创新旗不倒,争先领秀一枝花。奇迹赞中华。

三

中国梦,七秩奋龙槎。固本强军新世纪,人民幸福乐无涯。苍昊耀中华!

2019-10-1

夜游宫·傲啸客招饮分韵得"一"字

霜落长江汉水,有梅苑、紫阳东里。对酒当歌三五子。水中月,镜中花,今方识。

酒尽琼光底,听几叶、樟梧飘坠。明日天涯更相忆。有谁知?路西东,此情一。

2019-10-31

浣溪沙·己亥冬日思老父

犹记前年父子嗟,忍看冬雪又飞花。燕儿坟①上已栖鸦。

梦入乡关寻古道,铁肩担起两头家。八哥对舞伴天涯②。

【注】①燕儿坟,胡家祖坟。

②当年父亲养了一对八哥,四处奔走不离左右。

2019-11-25

临江仙·女儿发图片以状梦中之境即兴赋之以寄

水样年华虚掷,掌心珠宝堪夸。雕龙驭马信由她。何求金玉食,不啻帝王家。

窗外凝霜冻雨,梦中焕彩飞霞。女儿心事满天花。晨兴梳洗罢,悄笑语亲妈。

2019-12-18

2020 年

临江仙·步楚成原韵
赋"诗警印象"文化墙

　　梅骨须从冰雪见，等闲风凛云残。横斜月影剑光寒。江城诗警壁，文武并雄关。
　　笔筑长城心浩荡，民情国事相牵。西安迢递水云间。送儿驰戍旅，续我美芹篇。

2020-1-9

附原玉：

　　一片飞花春渐半，当年明月初残。心中有梦岂言寒。自从投笔后，风雨总相关。
　　莫叹眉弯添皱褶，安宁犹让魂牵。江流黄鹤白云间。廿年多少警，已化作诗篇。

木兰花·三顾茅庐雅集
以"半"为韵

冰封伏虎茅庐暖,桂子有山惊对面。卓刀古井品清泉,曾共诗书多烂漫。

葡萄美酒芙蓉剑,一醉蹉跎斜照晚。当年云鹤寄豪情,情到而今无一半。

2020-1-21

渔家傲·钟南山院士礼赞
步范仲淹韵

庚子春来生诡异,潜滋冠毒不经意。四面楚声瘟疫起。高铁里,逆行何惧孤城闭。

曾扫妖氛清万里,今番再定擒魔计。还我中华干净地。

城不寐，国歌滚烫南山泪。

2020-2-2

皂罗特髻·恍如梦里 _{用苏轼调}

恍如梦里，忆赤壁潮生，烟霞明灭。恍如梦里，念雨丝云叶。流连处、恍如梦里，月明中、欹枕犹听雪。恍如梦里，露含丁香结。

休道恍如梦里，梦也情千叠。暗思忖、恍如梦里，有心镜、夜夜香魂摄。恍如梦里，醉牙琴庄蝶。

2020-3-3

小重山·庚子端午

蒲挂门桄艾挂堂，更雄黄入酒，醉端阳。千年习俗韵流长。江河怅，几处忆潇湘？

庚子正思量，神州齐抗疫，变沧桑。洋夷岛贼柱癫狂。

吟骚赋，掩卷待秋凉。

2020-6-22

西江月·庚子年教师节听雪邀聚武昌谢先生酒家约以"舍得"同题

  化泪生辉红烛，吐丝织锦春蚕。焚膏继晷寸心丹，回首十年梦幻。

  栖徙无依之鸟，飘零不系之船。每逢今日忆桃园，把酒凝眸泫泫。

2020-9-10

鹧鸪天·罗田纪游

  山雨湖风拂面寒，玉屏佛塔水云间。凤凰园立松罗汉，碧水波漾凤眼莲。

　　心耿耿，鬓斑斑，诗情酿酒入杯盘。余香留齿天堂赋，明日苍葭带笑看。

2020-10-3

2021年

木兰花·立春日戏作

　　春回老树枝犹俏，慵染银丝闲戴帽。轻车飒飒耳旁风，信步离离湖畔草。

　　浮生如酒匀方好，适量逍遥超量倒。荒唐功业认真诗，潦草青春隆重老。

2021-2-3

南乡子·逗娘开心

马影水悠悠,花满庭园春满楼。闻说娘亲兄妹聚,飕飕,转道飞车汉上游。

欲挽景光留,姑嫂商量摆镜头。忽忆沧桑娘抹泪,休休,逗你开心扮个猴。

2021-4-15

浣溪沙·即席次韵和泉名《长春观辛丑谷雨雅集即席》

柳絮旋轮溅雨花,双峰山畔几楼斜。穿檐过牖动笙筲。
墨染生宣情胜酒,诗吟谷雨韵如茶。年年此日共韶华。

2021-5-3

附原玉：

雨浥宫墙紫楝花，轻雷碎处电光斜。竹风摇曳隐琴筘。黄鹤山前车似水，藏经阁上道如茶。春深世外嚼诗华。

临江仙·题白云边酒

　　五十春秋酿就，美名可溯千年。兼香一品竖新幡。松滋真月色，湖口有诗篇。
　　得了银杯金奖，喝晕酒客吟仙。黄蓬山上寺中眠。醉看洈水浪，梦入白云边。

2021-7-15

浣溪沙·咏秋次韵秦观

　　野霭岚烟处处楼，果山稻浪涌金秋。丹青难写是清幽。指日当圆强国梦，千村一扫闯王愁。广场舞起月如钩。

2021-9-22

踏莎行·辛丑冬日偕妻游黄花涝并府河湿地公园

古镇风清，府河烟缈，闲舟野渡杉松道。塘鲜垄翠煮乡愁，黄花不共秋心老。

莫唱怀薇，休言独钓，芳汀羡煞双飞鸟。追光逐影恨来迟，多情最是蕲荋草。

2021-12-14

临江仙·声援西安抗疫 _{欧阳修体}

记得当年春武汉，封城阻断新冠。天兵执甲夜驰援。三旬风定，还我楚江天。

闻说舶来德尔塔，毒侵灞水骊山。恢恢严阵净狼烟。克艰必胜，西北望长安。

2021-12-27

2022 年

安排令·记壬寅元宵节宜昌滨江公园灯会

安排龙舞,安排狮舞,安排灯火满江树。安排圆子、家家煮。

虎来牛去,春来疫去,北京冬奥响金鼓。临屏屈指、奖牌数。

2022-2-15

木兰花·谒通城枫树畈抗战遗址

北港雁门牛首断,番鬼倭酋魂魄散。匹夫神勇护家园,赤胆忠心天日见。

刻石铭碑盟誓愿,风雨百年天地换。敢行霸道犯中华,看我通城枫树畈。

2022-5-2

鹧鸪天·彰武万亩治沙生态示范区掠影

欧李山前七彩霞，松枫柏柳格桑花。围栏封育湖田草，锁住黄龙守住家。

风发电，水含沙，稻粱一碧望无涯。昔闻彰武皆荒漠，历数英雄泪似麻。

2022-8-6

鹧鸪天·2023年元旦将至写怀

鼠岁牛年虎掣风，搅天乱世一瘟虫。东南魅影洋流下，西北烽烟黑海中。

从一定，向无穷，阴阳燮变起云龙。纸船明烛三春后，玉宇澄清万里通。

2022-12-27

2023 年

临江仙·见内子所摄省学会办公室场景视频戏作

莫看一间陋室，休言几个闲人。黄鹂翠柳唱晨昏。所为皆小事，捧出是丹忱。

乐在披金拣玉，痴于镂月裁云。诗田词海细耕耘。抟沙成楚汉，百姓亦昆仑。

2023-2-17

鹧鸪天·依原韵致敬中华诗词学会常务副会长范诗银先生

　　南望山中初结缘，庾楼对月忘凡仙。汨罗含泪歌骚赋，彰武临风唱绿原。

　　征戍旅，啸吟坛，长缨系梦倍珍怜。古今诗圣三人谑，半是真言半戏言。

2023-5-26

附原玉：

　　应惜此生此段缘，一轮诗梦作诗仙。太平癸巳杪双树，癸卯松江叙上元。

　　年十二，酒三坛，浮花片片最堪怜。初心寸寸同风雅，吟断千行复万言。

鹧鸪天·次韵清风并贺芳辰

　　月上中天桂影筛,莫将诗语赋余哀。清茶一盏香盈袖,淡酒三杯玉在怀。

　　才咏絮,运偏乖,阴阳冷暖自推排。冰轮恰是云隐俏,金粟未闻雾可埋。

2023-6-13

附原玉:

　　惯看峥嵘风雨筛,凭他坎坷杂欢哀。寻常烟火全生计,婉转辞章慰老怀。

　　囊纵涩,子还乖,温馨家室巧安排。未嫌长日清和淡,却恨诗成被土埋。

采桑子·端午怀屈原

　　高冠长剑横天问。玉树琼瑶,蕙芷兰椒。无奈章华盛艾萧。

秦戈挑破三江月。一曲离骚,汨水惊涛。从此龙舟千古摇。

2023-6-25

浣溪沙·过宛平城有作

仲夏温风拂沃畴,青山绿水正丰收。心随永定水悠悠。八十六年重小暑,三千华表壮金瓯。看卢沟月看吴钩。

2023-7-1

临江仙·为刘安兄《四时吟》五言诗选出版作

铁马金戈迷彩秀,十年旋律烫金。放鹰台上看浮沉。走过那院,翻作四时吟。

冬夏春秋无限意,高山流水琴心。花花草草也知音。素笺如月,字字写情真。

2023-7-29

2024 年

生查子·除夕

往年除夕时,风雪朝家走。爹在灶膛前,娘立山村口。
如今除夕时,归处何方有?对月喊爹娘,可待来生否?

2024-2-9

临江仙·甲辰清明过家乡老诗人曾卓故居

　　谁坐巉岩看世界？晚霞银发青松。涛翻乡梦入星空。歌吟老水手，向海敞心胸。
　　恍若欲倾深谷里，又疑展翅苍穹。男儿到此是豪雄。悬崖边的树，浩荡古今风。

2024-3-30

夜游宫·甲辰春抱朴书生邀苕帮数子夜饮于上菜呷饭酒楼分韵得"一"字

　　四月南湖酒肆，尽染了、书生意气。故友初通姓名字。说不完，世中人，网间事。

都在江湖里,梨花老、海棠游戏。鹤发酡颜恰修禊。语高低,杯深浅,性情一。

2024-4-13

中长调

2015 年

水调歌头·乙未中秋记怀

乙未中秋,邀约大学同窗吴琦、吴天明及友人胡翔于武昌金冠恩施土家菜馆小聚。举酒共话,其乐融融,尽欢而散。归而于手机短信见吴琦兄有作《醉中秋》,曰:"弥久情真切,相逢便愉悦。新炊夸土家,时令推秋蟹。对景诗萦怀,回眸鬓侵雪。同窗三五人,共醉中秋月。"读之心有同感,遂赋之。

不赴琼林宴,独重桂园情。佳醪土菜新蟹,金冠作层城。四十年前旧事,四十年来经略,一笑水云轻。相看鬓如雪,犹抱玉壶冰。

人康健,家和顺,国中兴。俯仰何憾?荣衰贵贱此心平。月缺月圆时节,三五知交相聚,诗酒共嘤鸣。竹影黄昏后,秋月正澄清。

2015-9-27

2016 年

水调歌头·乙未羊年岁末感怀

　　几场秋雨后,又到雪飘时。飞花撒玉,风刀冰剑镂琼枝。舞动一城三镇,装点两江四岸,风物楚天奇。且邀梅与竹,共醉碧霞卮。
　　万事空,花甲至,去来兮。余生分付,闲茶野钓夜吟诗。相对春花秋月,相伴老妻爱女,日日是佳期。明朝当雪霁,湖畔探春梅。

2016-2-1

寿星明·吴琦兄花甲之贺

　　贞若松梅,朴比银杏,洁似幽兰。恰神农毓秀,性真骨鲠;香溪濯足,志远情娴。萤雪高阳[①],剑磨榛子[②],歌罢昭君诵屈原。金风起,看蛟龙出谷,鹰击长天。

梭罗河畔结缘,更四载同窗桂子山。忆玉兰树下,吟唐品宋;运动场上,扣网投篮。别后西东,行藏各异,倏忽君临甲子年。辉煌在,可轻舟载月,检点诗篇。

【注】①高阳,高阳镇,湖北省兴山县城关镇。吴琦兄生长于此。

②榛子,兴山县榛子乡,为吴琦兄上山下乡当知青的地方。

2016-8-28

最高楼·秋心

多少事,点点在心头。无语对神州。龟峰举水空题柱,楚江汉阙枉登楼。剑蒙尘,书渐蠹,酒伤喉。

正难料、舟行何处去?却不料、舟行无去处。吾衰矣,万般休。寻思三百六朝暮,蹉跎五十九春秋。怎消停?春堕泪,月含羞。

2016-11-4

2017 年

水龙吟·贺中华诗词学会成立三十周年步韵和刘征先生

　　诗坛三十春秋，追星逐月抒心曲。振兴国学，弘扬国粹，春风化雨。诗报词刊，诗乡词镇，雅声盈户。更荧屏异彩，诗词大会，余音永，风光足。

　　华夏文明瞩目，五千年、植根沃土。诗骚乐府，魏晋风格，唐瑰宋玉。鼎故传承，吟家新锐，不输李杜。信中华崛起，文道先振，梦圆日，云龙赋。

2017-2-28

附原玉：

　　风骚焕彩千秋，新天恰待翻新曲。春阳破冻，故园荒寂，沐风栉雨。瞬三十年，云兴潮涌，弦歌户户。会耦耕俦侣，白头笑对，浮大白，嫌未足。

　　待向来朝纵目。梦飞天，临睨乡土。百花解语，江河化酒，群山峙玉。狂喜灵均，欢歌鲍谢，千杯李杜。向珠峰高处,摩崖镌刻,吾华族,腾飞赋。

2018年

水调歌头·戊戌春月与发小同窗屈建华、刘晓明、林德任重聚于汉上

　　金桥江汉渡,莽酒水云轩。秋霜晓镜,白云苍狗逝华年。四十年前似锦,四十年来如梦,一笑几悲欢。红尘多少事,历历到樽前。
　　中馆驿,举水畔,大别山。雪泥鸿爪,萍踪浪迹意流连。细数故人安在?检点余情未了,空拟薛涛笺。千杯人不醉,春柳正阑珊。

2018-2-26

水龙吟·泪祭根茂兄

埋君翠岭青山,何曾埋得凌云气!苍松稽首,寒枫肃立,天公抛泪。哀乐千回,幛联满眼,哀思难寄。叹英年早去,宏才遽折,桃李愿,终无继。

犹忆黉门雅室,夜深深、灯明人悴。探幽格致,求真追远,几番陶醉。雄辩滔滔,妙语奇论,几多滋味。怅秋风一别,横江纵酒,为君三酹。

2018-9-7

沁园春·戊戌秋日入校四十周年同窗雅集感赋

四十春秋,朝丝暮雪,桂子山头。忆坚冰破冻,芊芸春暖;禁闱重启,一唱风流。夜帐偷光,馆堂抢座,学海书山得自由。争朝夕,任花开花落,日月沉浮。

学成抱剑云游，算跌宕行藏风雨稠。正潮兴革鼎，时行创树；驰情遂志，各展鸿猷。检点平生，俯仰天地，谈笑归来傲五侯。且举酒，约东湖夜月，醉卧闲舟。

2018-10-10

2019 年

八声甘州·己亥春访通城药姑山

数千年、垒石筑文明，隐秀药姑山。念莫瑶颛踣，犬龙盘瓠，远徙遥迁。星散天涯回望，古栎认家园。千峒樱云处，龙窖飞泉。

昔有仙姝药圣，萃灵花异草，广济人间。忆旌旗飘奋，烽火看燎原。更今朝、春盈荆楚，带梦来、痴醉不知还。邀清夏、听溪东璧，诗酒冰潭。

2019-3-26

烛影摇红

诗友安徽杜不若,湖南千华、香水百合游汉上,聚饮于武昌梅苑。席间分韵得"远"字。

三月江城,杏樱桃李薰梅苑。客来千里共春觞,醉了湖湘皖。美酒花香笑脸,语殷殷、相逢恨晚。休夸海量,海量何堪,情深酒浅?

聚散匆匆,匆匆更向天涯远。天涯犹自有知音,一曲周郎怨。水动云旋石转,结仙缘、诗途顾盼。掷杯傲啸,门前折柳,雨丝风片。

2019-4-12

水调歌头

豫有诗侠濯缨轩主人(方伟)游于楚汉,茗帮、泉名设席,于武昌东亭翠柳街雅集。席间以"对酒当歌,人生几何"分韵，吾得"歌"字以赋之。

沧浪濯缨客，来共楚狂歌。东亭击筑举酒，翠柳舞婆娑。日暮乡关何处？远影孤帆何往？一醉入烟萝。李杜吟云梦，赤壁啸东坡。

浮沉梦，忧乐事，付烟波。闲看潮起潮落，胸有大江河。亦可裁云镂月，亦可敲金戛玉，须捻满头皤。诗酒风流在，恬淡近维摩。

2019-8-11

水调歌头·黄鹤楼感怀

网间以"数风流人物，还看今朝"分韵接龙，余得"朝"字以赋之。

九十二年过，寂寞一楼高。龟蛇相对无语，鹤去白云飘。遥忆斯人忧国，独向苍茫烟雨，把酒酹滔滔。石破惊天下，问鼎倚枪刀。

井冈火，延安塔，金水桥。雄关漫道如铁，风景这边娇。更喜初心同秉，共筑复兴之梦，崛起看今朝。百度登

临处，依旧起心潮。

2019-8-27

2020 年

剔银灯·己亥岁末程林伉俪宴武汉诗友于三顾茅庐酒店结义厅分韵得"瑞"字以赋之

三顾茅庐结义，倩酒侣诗朋相会。芳墨嘉联，佳醑香茗，细品几多滋味。节序小寒临，明朝料、琼瑶兆瑞。

转眼人间百岁，也曾以、家国牵系。昨日辉煌，今日情怀，悉向诗描词绘。一饮谢相知，且傲啸、逍遥我辈！

2020-1-8

风入松·牵挂

　　蜗居斗室度新春,霾雾锁千村。窗前峡涧虹桥渡,铁龙过,越岭穿云。满载医疗装备,东去抗疫援军。

　　江城境况正揪心,日夜视音频。两江四岸连三镇,意悬悬,都是亲人。何日清除毒疫,神州遍奏佳音。

2020-2-12

2021 年

一剪梅·观电视连续剧《跨过鸭绿江》有感

　　紫禁城兮蜀地村,送子参军,送子参军。大榆洞与上甘岭，烈火焚身，烈火焚身。

　　血肉之躯一样人，父子连心，母子连心。同为烈属忠义门，都是严亲，都是慈亲。

2021-1-23

行　香　子　次苏轼韵

　　灯火渔村，杉影荷裙，湖山渺、处处牵魂。寻寻觅觅，雁过无闻。忆静安寺、总督府、汉阳门。

　　浮生如梦，何须回首，去来兮、掸尽纤尘。诗书惬意，茶酒宜人。醉青莲月、陶公菊、右丞云。

2021-2-12

沁园春·赞全国脱贫攻坚先进个人胡长学[①]

　　求学潇湘，抱剑荆楚，立志扶贫。踏九宫大幕，隐水富水；济穷纾困，入户经村。立项引资，建厂修路，亮剑纠风敢较真。权责论，更企业反哺，管理创新。

秉持夙愿初心，倾血汗拼来满眼春。看板桥变样，民丰村富；声名鹊起，无愧殊勋。战士情怀，公仆意识，忧乐无私贯古今。惟静夜，念卧床老父，有泪沾巾。

【注】①胡长学，湖北省纪委干部，派驻通山县扶贫工作队队长。

2021-3-23

水调歌头·为2015年全国优秀县委书记表彰大会作

华夏千秋业，郡县治方安。担纲行政，三千精锐护山川。国计民生环境，工贸农林文化，谋划虑周全。七月群英会，勋奖颂时贤。

兰考桐，东山树，大亮山。呕心沥血，高节懿德立标杆。面对百年变局，肩负复兴使命，接力更当先。圆梦论功日，举酒再凭栏。

2021-3-26

水调歌头·新时代的统战工作

砥砺百年路,法宝力千钧。众梁撑起高楼,溪汇海江春。同向复兴大业,共筑国强之梦,襟抱一家亲。心与时俱进,韬略日更新。

同心圆,主心骨,主力军。凝心聚力,势若北斗拱星辰。情系金瓯永固,放眼"一带一路",大道至纯真。命运共同体,四海共风云。

2021-3-26

贺新郎·中国共产党百年华诞感赋

世纪辉煌路。自南湖、红船举桨,雨狂风飑。申汉宁湘殷殷血,折我英雄无数。狂飙起、秋收天怒。更喜南昌枪骤响,上井冈、猎猎旌旗舞。星火炽,照天曙。

长征万里重关渡。势无敌、除奸驱寇,金瓯重铸。鸭绿江边惩狼虎,何惧东欧变故。信真理、中流砥柱。继往开来弘国祚，看神州、浩浩复兴旅。中国梦，云龙矗。

2021-7-1

2022 年

紫玉箫·湖北长缨诗社成立感赋 次韵和范诗银先生

江汉潮兴，龟蛇云动，楚天风掣长缨。铿然亮剑，恰誓师排仗，驰骏抟鹏。与子同往，挥翰墨、再续嘤鸣。千秋事、源流汉唐，水远山青。

何妨纵马文阵，凭铁骨柔肠，啸咏心声。含珠吐玉，缀玲珑、无愧白石镌经。继长征路，家国志、北斗长庚。淋漓处，犹唱向前，八一飞旌。

2022-5-12

附原玉：

　　湘渚麻黄，罗霄云绿，结它秋队红缨。飘然六月，恰夺空飙举，初缚鲲鹏。陇上天外，惊雁语、道是龙鸣。三千载、驰怀幸兮，也许镌青。

　　雄关倚就霜铁，弹雪甲冰袍，漫忆风声。英雄事业，向时光、羞说梦里曾经。正斜阳晚，来鹤影、弄笛长庚。吟肝胆，还有寸心，放醉诗旌。

忆旧游·壬寅夏访京山雅集分韵得"桃"字

　　正南风蘸夏，拾梦梭罗，寻韵孙桥。对节葱茏处，看绣楼云巧，花苑荷姣。千顷宝米香稻，弥望绿滔滔。问楚殿何存？壶天洞下，泉溅琼瑶。

　　迢迢，往来事，望云杜关老，文塔檐翘。更有丰碑在，慕巾帼懿范，散木风标。会好雨泽江汉，汩汩涌诗潮。待龙凤来春，重游溾水看碧桃。

2022-8-22

苏幕遮·次韵泉名夜游二乔公园词

　　立秋初，方处暑。南有嘉鱼，且共诗家语。夜看三湖星若雨。柳影波光，泽畔风荷举。
　　论曹刘，随浪去。赤壁乌林，烟火销强旅。倘傥周郎曾记否。初嫁小乔，绰约江南浦。

2022-8-28

附原玉：

　　解轻衫，风逐暑。水色红蓝，波动如将语。湖上无星云不雨。那畔歌声，这畔轻愁举。
　　问英雄，何处去。铁马纶巾，天下宜征旅。江月打帘相忆否。谁记双桥，立老嘉鱼浦。

2023 年

行香子·癸卯仲春应易飞君约参加"次要—自在"赤壁笔会有赋

鸿影芳踪，碧玉帘栊，数琳琅、十二楼中。兰边醉客，诗里儿童。恰撷春柳，煮春月，笑春风。

虚言次要，真心自在，水云间、逸兴无穷。一亭竹瘦，几点梅红。看楚湖阔，楚原渺，楚天空。

2023-3-8

行香子·癸卯仲春江畔雅集拈得"昌"字

早李新芳，嫩柳金黄，春正在、积玉桥旁。晚霞银发，酡面波光。醉六朵云，十盏酒，一条江。

如烟似梦，行藏淡泊，去来兮、酒胆诗肠。养怡盈缩，盛世文昌。有兰亭竹,西园茗,玉山觞。

2023-3-13

西河·癸卯春南漳县创建"中华诗词之乡"考察验收至春秋寨次周邦彦韵

　　荆楚地,南漳故事堪记。鲤鱼望月对蛮河,岚生雾起。绵延石寨小长城,千年横绝天际。

　　魏蜀吴,多徙倚,江山血泪牵系。我来烟雨正霏霏,湿苔旧垒。悉成形胜阅春秋,载舟百姓如水。

　　踩跷社戏焰火市,正流连、诗韵乡里。东巩板桥名世。更多情绿水青山,装点文采风骚,春晖里。

2023-3-28

水调歌头

　　癸卯中秋之夜,无月有雨,翻看去年今日手机信息,偶见母亲为丽华妹梳头视频,悲从中来,遂赋《水调歌头》一阕。俄顷复至阳台,雨住云开月出。

　　对月天无月,对酒饮无由。推窗丝雨拂面,湿了桂香秋。回想去年今日,百里视频传讯,聊可解乡愁。摇曳灯光下,娘为女梳头。

　　娘去矣,爹去矣,忆悠悠。一生为子为女,至死未曾休。卖了嫁妆换米,拆了瓦房读书,恶浪敢行舟。忽见云开处,有月泪吟眸。

2023-9-29

蓦山溪·癸卯秋日江郎才尽招饮于汉口梅园拈韵得"茂"字 _{中华通韵}

　　江郎招饮,总是梅园好。二十载苔帮,啸傲处、江湖情茂。风轻云淡，来去信由人，烟一颗，酒三盏，不屑俗尘扰。

　　蝇头蜗角，笑尔心思巧。纵算尽机关，终究是、输多赢少。何如我等，落得个清闲，山青碧，水妖娆，一任斜阳老。

2023-9-30

行香子·癸卯深秋吴门耆宿蝴蝶庄生自川返苏途经武汉与苕帮聚于武昌梅苑楚鲜生席间拈韵得"江"字

　　蜀道何障？高铁龙骧，携风云、一览秋光。山起浩气，水涌文章。正从岷江，过荆江，向吴江。

　　楼吟黄鹤，台咏凤凰，越千年、蝶梦悠扬。梅边执手，后巷飞觞。笑比唐宋，数吴门，看苕帮。

2023-11-3

2024 年

念奴娇·癸卯冬日和为贵君邀集武昌津津花园席间拈韵得"别"字以赋

　　围炉对酒，笑书生意趣，行藏无别。万事随他千百变，唯有鹤楼江月。梦断通山，魂销房县，肝胆犹冰雪。竹山梅径，东亭再写红叶。

　　冬夏五味闲吟，更丹青渲染，时光颜色。偶约茶都三五子，漫品清稠凉热。箸上咸辛，尊前浓淡，尽入阳关叠。长街行处，向时趋竞高阙。

2024-1-13